Anne Amrum

NORDSEE NACHT

DIE KÜSTEN-KOMMISSARE

Von Anne Amrum bisher erschienen:
NORDSEE MORD – Die Küsten-Kommissare, Juni 2021
NORDSEE NACHT – Die Küsten-Kommissare, August 2021

Das ist ein Kriminalroman und somit reine Fiktion. Sämtliche Personen und deren Handlungen sind frei erfunden. Ähnlichkeiten mit tatsächlich lebenden oder toten Personen (inklusive zufälliger Namensgleichheiten) und /oder Ereignissen sind nicht beabsichtigt und wären rein zufällig.

An dieser Stelle versichere ich, die Autorin, für die Darstellung und Erwähnung diverser gastronomischer, kultureller und touristischer Einrichtungen oder für die Verwendung von Markenbezeichnungen in diesem Buch keine Bezahlung oder anderwertige Zuwendung erhalten zu haben.

Covergestaltung: Fenya Hanssen, Kiel

ISBN: 9798450466484

Imprint: Independently published

Die ruhige See vermag zu täuschen

Dienstag

PROLOG

Seit sie denken konnte, hatte sie eine besondere Beziehung zu ihren Händen. Ihre zartgliedrigen Finger waren seit jeher flink und geschickt. Schon immer liebte sie die Berührung der Materialien. Jeder Faden, jede Wolle, jedes Garn fühlte sich auf seine Weise einzigartig an. Als ob ihre Fingerspitzen die Fasern lesen könnten. Nicht nur Seide, Samt und Cord, auch Knöpfe, Nadeln und Steine hinterließen auf ihrer Haut eine Geschichte. All diese Dinge ständig zu berühren, ja zu erspüren, hat ihr immer schon eine ungeheure Sicherheit gegeben. Hat sie Teil sein lassen von einer Welt, die ihr darüber hinaus verschlossen blieb. Nur in ihren Träumen konnte sie das Leben erkunden.

Doch wann immer sie von einem erfüllten Leben träumte, war sie nicht dabei. Wenn sie ein junges Pärchen sah, malte sie sich aus, wie die Liebe die beiden leiten und über die Jahre von einzelnen Menschen zu einer Familie formen würde.

Doch nie bezog sie eine Tagträumerei auf sich selbst. Nie war es ihr Leben, das im Mittelpunkt stand. Immer waren es ihre Kundinnen, um die sich all ihr Denken drehte. Sie war wie ein Schwamm, der die Sorgen aller in sich aufsog und in ihren Hirngespinsten zu einem Happy End verwebte.

Als sie ihren geliebten Laden schloss und mit vielen Jahren Verspätung in Rente ging, machte sich eine Leere in ihr breit, die erst wieder gefüllt wurde, als sie anfing, kleine Dinge für die Läden am Hafen zu fabrizieren.

Die maritimen Gestecke aus Steinen und Muscheln kommen dabei ebenso von Herzen, wie die eingestickten Seemannssprüche und die gehäkelten oder geknüpften Verzierungen für Blumenampeln und Eierbecher. Liebevoll hergestellte Kleinigkeiten wurden zu ihrem Lebensinhalt, und warten nun auf die Besucher aus aller Welt in den Souvenirshops am Hafen, um ihnen nur durch ihren Anblick Freude zu bereiten.

Oft beobachtet sie die Touristen, wie sie in die Läden strömen und mit Tüten voll bepackt wieder heraus. Dann stellt sie sich vor, wie ihre kleinen Unikate die Reisenden in ihrem weiteren Leben begleiten. In ihren Gedanken spinnt sie sich die Lebensgeschichte dieser Menschen zusammen, und wie das Herzblut, das sie in ihre kleinen Schätze gesteckt hat, nun dazu beiträgt, die Geschicke ihrer Besitzer zum Guten zu wenden.

Das ist es, was Glück für sie ausmacht, und sie verspürt eine tiefe Dankbarkeit für ihre Finger, die auch im hohen Alter nicht zittern, und ihre Augen, die noch fast genauso gut wie früher einen Faden durch ein Nadelöhr lotsen können – und für ihr Dasein, das sie jeden Morgen aufs Neue mit einer inneren Freude erfüllt.

Hätte sie gewusst, dass ihr Leben heute ein jähes Ende nehmen wird, hätte sie dennoch nichts anders machen wollen.

1

Kommissar Rüdiger Thomsen blinzelt müde, als sein Handy auf dem Nachtkästchen neben dem Bett vibriert. Er tastet danach, um es abzustellen. Im letzten Moment wird ihm klar, dass dies nicht die Weckfunktion seines Handys ist, sondern ein Anruf.

»Thomsen«, brummt er in die Leitung, lauscht eine Weile und legt es dann mit einem mürrischen »Ach, nee« wieder zur Seite. Er setzt sich auf, schwingt die Beine aus dem Bett und kämmt sich mit allen zehn Finger durch die Haare. Während die Zehen wie ferngesteuert die Flip-Flops suchen, fällt sein Blick auf die Uhr. 6:38.

Das ist verdammt früh. Er steht auf und zieht die blickdichten rosafarbenen Vorhänge zur Seite, um ein wenig Licht hereinzulassen.

Sofort presst er die Augen zusammen und verzieht das Gesicht. Die Morgensonne kann aber auch brutal sein Anfang August.

»Bärchen!«

Maike kommt mit einer Schale Kaffee herein.

»Hab ich doch richtig gehört. Mein Brummbär ist aufgewacht!«

Sie knuddelt ihn und drückt ihm die Kaffeetasse in die Hand.

»Was treibt dich so früh aus dem Bett? Die präsenile Bettflucht?« Sie kichert. Rüdiger schläft seit über einem Monat mehrmals die Woche bei ihr, und das frühe Aufstehen gehört nicht zu seinen Stärken.

»Witzig.« Er grummelt, nimmt aber dankbar die Tasse. Diesen Kaffeeservice am Morgen schätzt er ebenso wie das abendliche Verwöhnprogramm, das seit ein paar Wochen läuft.

»Wir ham 'n Mord.«

»Nee? Wer isses denn?«

»Noch kein' Schimmer. 'Ne alte Frau.«

»Ach. Und wo?«

»Westerweg Ecke Kuhfennenweg. Richtung Koldenbüttel. 'N Trekker Fahrer hat sie gefunden.« Thomsen kippt den Kaffee hinunter und drückt ihr die Tasse wieder in die Hand. Seine Augen suchen den Boden ab.

»Haste wo meine Hose gesehen?« Die Erinnerung, wo er die hingetan hat, fehlt ihm völlig. Er weiß bloß noch, dass er es gestern Abend eilig hatte, sie abzustreifen.

Maike deutet auf einen Stuhl im Wohnzimmer.

»Hab ich dir über die Lehne gehängt, dass sie nicht verknittert. Und ein frisches Hemd und frische Unterwäsche gleich mit dazu.«

»Du bist ein Schatz.« Er küsst sie auf den Mund.

»Mach ich doch gerne. Wird wohl 'n langer Tag heute?«

Sie sieht ihn bewundernd an. Er hat so eine verantwortungsvolle Position und so ein aufregendes

Berufsleben, während sie bloß Tag für Tag an Haaren rumschnippelt oder Wickler feststeckt.

»Gut möglich.«

»Dann guck ich abends mal nach dir, wenn ich meinen Laden dichtmache.«

»Hmm«, brummt Thomsen, während er in seine Kleidung schlüpft.

* * *

Der Tatort könnte nichtssagender und abgelegener nicht sein. Eine schmale Straße, die lediglich darauf ausgelegt ist, einspurig befahren zu werden. Eine zweite, ebenso schmal, die kreuzt. An allen vier Ecken Felder, die bereits abgemäht sind.

Nun stauen sich hier ein Traktor, ein alter roter VW Käfer, eine Ambulanz und ein Streifenwagen.

»Moin Rüde«, grüßt der ältere uniformierte Beamte, der in Thomsens Nachbarschaft wohnt. »Du hast aber ‘n Tempo drauf heute. Biste geflogen?«

»Moin Sören, ich war zufällig gerade in der Nähe«, weicht der Hauptkommissar aus. »Was kannst du mir über das Opfer sagen?«

Sören Rijnders führt Thomsen um den Streifenwagen herum. Am Straßenrand zwischen dem Polizeifahrzeug und dem Traktor liegt eine zierliche alte Frau auf dem Rücken. Augenscheinlich trägt sie eine Perücke, welche mitsamt dem Kopftuch, das sie darüber gebunden hat, ein Stück weit ins Gesicht gerutscht ist. Nur die gebrochenen hellblauen Augen schauen heraus.

»Eigentlich nichts, außer dass sie alt ist. Und tot. Ich kenne sie nicht.«

Der Sanitäter tritt hinzu. »Als ich eintraf, hatte sie keinen Puls und keine Atmung mehr. Und sie war schon kalt. Mit diesen toten Augen. Ich habe nicht versucht, sie wiederzubeleben.«

»Danke für die Info.« Thomsen stemmt die Arme in die Hüften und runzelt die Brauen, während er die Tote betrachtet. Diese Pose hat er sich von einem bekannten Fernsehkommissar abgeschaut. Es gefällt ihm, seine Kompetenz plakativ zu demonstrieren.

»Den Dr. Emmermann hab ich bereits verständigt«, berichtet Rijnders weiter. »Er müsste jeden Moment da sein.«

»Mein Team auch«, hofft Thomsen. Er hatte seine Leute bereits vom Auto aus angerufen und sie umgehend herbeordert.

»Scheint mit dem Rad gestürzt zu sein«, gibt Rijnders nun seine Vermutungen wieder und deutet auf ein weißes Damenfahrrad, das ein paar Meter entfernt im Straßengraben liegt.

»Ja, offenbar ist sie sehr unglücklich aufgeschlagen. Was meinen Sie?«, wendet sich Thomsen an den Sanitäter.

Der Mann in der roten Uniform nickt.

»Ich hab sie nicht bewegt. So, wie sie da liegt, so ist sie aufgeklatscht. Okko hier«, er deutet auf einen hochgeschossenen Jungen, der am Ambulanzwagen lehnt und besorgt hineinblickt, »ist mein Cousin. Er hat mich angerufen, nachdem er sie entdeckt hatte. Aber sie war schon tot, also hab ich bloß die Polizei verständigt.«

»Alles klar«, murmelt Thomsen, »und wem gehört der rote VW Käfer?«

»Okkos Freundin, er hat sie wohl ebenfalls angerufen. Sie kam kurz danach, um ihm beizustehen. Aber dann schwächelte sie plötzlich. Deshalb hab ich sie auf die Trage im Wagen gepackt.«

Thomsen will gerade etwas erwidern, als ein vertrautes Motorengeräusch zu vernehmen ist. Der Dienstwagen des LKA nähert sich in einem Affentempo, um dann im letzten Moment abzubremsen, dass es nur so staubt.

Er schüttelt missbilligend den Kopf. Es wäre wirklich mal an der Zeit, mit Svenja über ihre Fahrweise zu sprechen.

Fahrertür und Beifahrertür fliegen gleichzeitig auf. Während Sophie auf ihn zu eilt, bleibt ihre Kollegin Svenja am Wagen stehen. Auch das ist nicht ungewöhnlich. Er hat schon vor einer Weile geschnallt, dass sie sich nicht gerne Leichen ansieht. Auch darüber sollte er vielleicht einmal mit ihr reden.

»Moin Rüde.« Sophie nickt ihm zu und steckt ihre rötlichen Locken hinter den Ohren fest. Über einen Monat ist es nun schon her, dass sie von Berlin an die Nordseeküste gezogen ist, und den hier üblichen Gruß beherrscht sie bereits im Schlaf. »Was kannst du mir sagen?«

»Nichts«, brummt Thomsen, »außer, dass es sich um eine tote alte Frau handelt, die niemand von uns kennt.«

»Ach«. Sie wirft ihm einen Blick zu, den er nicht so recht zu deuten vermag und steuert auf die Leiche zu.

Sören Rijnders folgt ihr neugierig.

»Wir hatten noch nicht das Vergnügen. Sören, mein

Name.« Er reicht ihr die Hand.

»Sophie Meerkatz.«

»Ich war als Erster vor Ort.« Rijnders setzt das auf, was er für sein charmantes Lächeln hält. Schließlich ist es unter den Husumer Gesetzeshütern ein offenes Geheimnis, dass die attraktive neue Oberkommissarin noch Single ist.

»Wenn Sie jetzt schon das Gesicht verziehen, sollten Sie Leichenhallen meiden«, erklärt Sophie und richtet ihren Blick auf den schmächtigen Leichnam, der zur Hälfte im Straßengraben liegt.

»Name?«

»Äh, wie ich soeben sagte, Sören . . .«

Sie verdreht die Augen. »Nicht Ihrer. Der von der Toten!«

»Äh . . . ach so, ja, den wissen wir nicht.«

»Hatte sie keine Handtasche? Oder eine Geldbörse? Sie muss doch irgendetwas dabei gehabt haben.«

»Nee, da war keine Tasche.« Rijnders stemmt beide Arme in die Hüften. Bei Thomsen hat das vorhin unheimlich beeindruckend ausgesehen.

»Haben Sie die Straße abgesucht? Mindestens zwanzig Meter rauf und runter?«

»Äh, nein, das noch nicht. Aber . . .«

Was immer Rijnders ihr noch mitteilen wollte, geht im herannahenden Motorengeräusch unter.

Der offensichtlich frisch gewaschene schwarze BMW findet bloß noch einen Parkplatz halb im Feld. Dr. Emmermann, heute Morgen im modischen Freizeitlook und mit dunkler Sonnenbrille, steigt aus.

»Moin Rüde«, ruft er schon von Weitem seinem

langjährigen Segelfreund Thomsen zu.

»Moin Aiko. Schön, dass du so schnell kommen konntest!«

»Immer doch.«

Sophie tritt einen Schritt zurück, als der Arzt sich der Leiche nähert. Mit skeptischem Blick verfolgt sie jede seiner Bewegungen. Bei ihrem ersten Fall hier im Norden hatte Emmermann Hinweise, die auf Fremdverschulden schließen ließen, übersehen und sich außerdem sehr arrogant ihr gegenüber verhalten.

Nun, was die Arroganz betrifft, die scheint er beibehalten zu wollen. Statt eines Grußes nickt er ihr nur kurz zu, wirft einen Blick auf das umgestürzte Fahrrad und betrachtet anschließend den ausgezehrten Körper der toten Frau.

»Ei, das ist die alte Balsters«, sagt er plötzlich. »Mann, wie hieß die bloß mit Vornamen? Trine, glaub ich. Die hatte so ‘n Laden mit Nähbedarf und Strickzeug und so, für die sinnvolle Beschäftigung der Damenwelt eben.«

Er grinst auf eine Art, die Sophie zu verstehen gibt, dass jeder richtige Mann diese Art von Freizeitbeschäftigung bloß belächeln kann.

»Woher kennst du sie?« Thomsen kommt neugierig näher.

»Ist ‘ne Patientin von mir, schon seit vielen Jahren.«

»Was hatte sie denn?«, hakt Sophie sofort nach. Sie weiß mittlerweile, dass Emmermann sich auf interne Medizin spezialisiert hat und eine gut gehende Praxis in Husum betreibt.

»Nichts eigentlich. ’N bisschen einsam war sie. Hab ihr Antidepressiva verschrieben, soweit ich mich erinnern kann.«

Sophie zieht eine Grimasse. Dieser Mensch wird ihr nicht sympathischer. Eine einsame alte Frau mit Pillen abzufüllen, das passt zu ihm. Dass die mitunter starke Nebenwirkungen haben, ist bekannt.

»Vielleicht war ihr von den Medikamenten schwindlig«, mutmaßt Sophie.

»Oder sie hatte einen Herzinfarkt und ist deshalb auf dem Boden aufgeschlagen«, unterbricht Dr. Emmermann, streift sich Einmal-Handschuhe über und hebt vorsichtig den Kopf an. Eine kleine rote Pfütze hat sich darunter gebildet. Er tastet den Hinterkopf ab.

»Basisfraktur, vermutlich durch ungebremsten Aufschlag. Schätze mal, sie kippte vom Rad nach hinten. Vielleicht hat sie auch schon vorher das Bewusstsein verloren, und das war dann der Grund, warum sie umgekippt ist. So oder so – es ist wohl ein bedauernswerter Unfall gewesen.«

Dr. Emmermann streift die Handschuhe wieder ab.

»Ich füll mal die Papiere aus.«

»Sie wollen sie gar nicht richtig untersuchen?«, ärgert sich Sophie.

Der Arzt kommt jetzt auch in Fahrt.

»Sie müssen mir meinen Job nicht erklären. Den mache ich schon viel länger, als Sie überhaupt da sind. Die alte Balsters ist vom Rad gestürzt und auf dem Hinterkopf gelandet. Das war ganz offensichtlich tödlich. Ob ihr vorher schwindlig war, oder ob sie 'nen Infarkt hatte, was spielt das noch für 'ne Rolle? Fremdeinwirkung kann ich hier nicht erkennen.«

Damit wendet er sich zum Gehen und Thomsen

schließt sich aus Sympathie an. Sophie bleibt allein bei der Leiche zurück.

»Und wo ist ihre Handtasche oder ihre Geldbörse?«, ruft sie ihm hinterher. Es klingt beinahe trotzig.

»Als ob alte Leute immer alles dabei haben! Die vergessen doch alle paar Minuten, welcher Tag ist«, gibt er über die Schulter zurück.

Sophie schnaubt verärgert, während sie ihm hinterhersieht. Dann geht sie neben dem Leichnam in die Hocke und betrachtet das alte, faltenreiche Gesicht.

»Du warst noch nicht fertig mit deinem Leben, Trine, nicht wahr? Du hast dir eine Perücke aufgesetzt, um hübscher auszusehen. Auch wenn dieses Kopftuch stilistisch ein Missgriff war.«

Sie lächelt der Toten zu, nimmt die Perücke vorsichtig an zwei dicken Locken und schiebt sie samt dem rot-grün gestreiften Tuch die Stirn hinauf.

Augenblicklich stockt ihr der Atem.

Im nächsten Moment springt sie auf und sprintet ihrem Chef und dem Arzt hinterher.

»Rüde«, keucht sie ein wenig atemlos. »Wir brauchen die Tatortsicherung. Jetzt sofort.«

Thomsen zieht die Brauen hoch.

»Meerkatz, was soll das? Du hast doch gerade gehört, was der Aiko gesagt hat.«

»Vielleicht hat sie es nicht verstanden«, kichert selbiger.

»Oder es ist einfach Bullshit«, entgegnet Sophie laut und deutlich.

Thomsen ärgert sich. Warum muss sich diese neue Kollegin bei jeder Gelegenheit mit dem zuständigen Arzt anlegen?

»Oh Mann, wat für ‘ne Scheiße«, brüllt plötzlich Rijnders, der die Suche nach einer Handtasche aufgegeben hat und wieder zur Leiche zurückgekehrt ist. »Rüde, komm noch mal her, das musst du sehen!«

»Was denn?«, brüllt Thomsen ungehalten zurück.

»Das Einschussloch«, sagt Sophie trocken. »Mitten auf der Stirn.«

2

»Was, die Trine Balsters?«, ruft Svenja schockiert aus, nachdem Sophie zum Wagen zurückgekehrt ist und sie ins Bild gesetzt hat.

»Du kennst sie?«

»Kennen wäre übertrieben, sie hatte so ‘n Laden für Nähzubehör in der Nähe vom Hafen. Ich hab da früher für meine Mutti immer wieder mal was abholen müssen. Der Laden war winzig. Wenn da ‘ne zweite Kundin reinkam, wurde die Luft knapp. Aber den gibts schon ‘ne Weile nicht mehr. Seit zehn Jahren oder noch länger ist die alte Trine schon in Pension. Ich glaub, dort ist jetzt ein Coffee-to-go mit Waffeln und so Zeugs.«

Sophie beobachtet, wie sich ein sehnsüchtiges Lächeln auf Svenjas Gesicht breitmacht.

»Ich denke, wir können auf dem Weg ins Büro dort kurz anhalten.«

* * *

Während Svenja die Neuigkeiten herausposaunt, langt Kommissar Jasper Hinrichs, der im Büro die Stellung gehalten hat, mit voller Begeisterung in den Karton mit Waffeln, den seine Kolleginnen vom Einsatz mitbrachten.

»Was, der Emmermann hat das Einschussloch übersehen?« Vor Überraschung vergisst er von der Waffel abzubeißen, weswegen einiges an Erdbeersoße, Sahne und Zuckerguss auf seine Hose läuft.

»Wegen Herzinfarkt vom Rad gestürzt! Wenn er den Bericht abgegeben hätte, würde sich der Bestatter vor Lachen in die Hosen strullern«, kichert Svenja.

»Der Emmermann ist wirklich ein Meister seines Fachs.« Sophie grinst und nimmt sich ebenfalls eine Waffel.

»Ich fass' es nicht – ein Einschussloch! Wie kann man das übersehen?«, empört sich Jasper nun mit vollen Backen. »Noch peinlicher gehts echt nicht mehr!«

Plötzlich verschluckt er sich und hustet. »Gerade ist mir eingefallen, ich weiß gar nicht, wie ich das der Mutti beibringen soll. Die hat früher öfter etwas bei der alten Trine gekauft. Wenn jemand stirbt, den sie kennt, sagt sie immer, *vielleicht bin ich die Nächste* . . . und dann sieht sie mich mit so schrecklich traurigen Augen an.« Er schüttelt sich.

»Deshalb musste ich ihr auch versprechen, für dich eine Frau zu finden! Sie will noch ein Enkelkind sehen, bevor sie . . . na, du weißt schon. Jetzt guck nicht so! Du musst da schon mitspielen. Magst noch 'ne Waffel?«

Svenja schiebt ihm den Karton hin.

»Hier ist auch 'ne Serviette.« Sie deutet auf den Soßenfleck auf seiner Hose.

»Mhm, danke.« Jaspers Gesicht hellt sich wieder auf. Während er mit einer Hand an dem Klecks rubbelt, greift die andere bereits zur nächsten Waffel.

Sophie verdreht innerlich die Augen. 'Ne Freundin für ihn zu finden wird keine einfache Angelegenheit werden.

»Jedenfalls haben wir jetzt eine Mordermittlung. Während die Spurensicherung ihre Arbeit macht, werden wir das Opfer unter die Lupe nehmen.«

»Der Chef ist noch am Tatort?«, unterbricht Jasper mampfend.

Sophie nickt. »Ja. Und ich hoffe, er bleibt noch eine Weile dort. Nachdem er das Einschussloch gesehen hat, wurde er so zornig, dass ich dachte, er scheuert dem Emmermann eine.«

»Das hätte ich gern gesehen.« Jasper schiebt zufrieden den letzten Rest Waffel in den Mund.

»Ich auch«, gibt Sophie zu. »Für mein Leben gern!«

»Was nicht ist, kann ja noch werden«, kichert Svenja und steckt damit ihre Kollegin an.

Doch kurz darauf wird Sophie wieder ernst.

»Nachdem wir keinerlei Anhaltspunkte haben, was den Täter betrifft – außer, dass er über eine Schusswaffe verfügt – beginnen wir mit dem Opfer. Ich möchte alles über sie wissen. Gibt es Verwandte? Wo und wie hat sie gewohnt? Eigentum oder zur Miete? Wenn Eigentum, wer erbt das jetzt? Gibt es ein Testament? Hatte sie Freunde oder Haustiere? War sie arm oder hatte sie Wertgegenstände? Außerdem brauchen wir einen Beschluss, mit dem wir ihr Zuhause durchsuchen und in ihre Bankunterlagen Einsicht nehmen können.«

»Oh, Mann«, stöhnt Jasper«, das klingt nach mächtig

viel Arbeit . . . ist das wirklich alles nötig?«

Sophie sieht ihn mit ihren haselnussbraunen Augen eindringlich an.

»Ist es. Diese alte Frau wurde mit einem gezielten Schuss hingerichtet. Die Waffe wurde noch nicht gefunden – ergo läuft nun in Husum ein bewaffneter Killer herum. Wir müssen ihn so schnell wie möglich finden«

3

Während Svenja den Dienstwagen lenkt, sitzt Sophie am Beifahrersitz und blättert in den frisch ausgedruckten Unterlagen. Als sie ihren Blick wieder auf die Straße richtet, sieht sie nichts als ebene Felder.

»Du findest ohne Navi nach Koldenbüttel?«

Svenja lacht.

»Wahrscheinlich sogar blind.«

»Okay.« Sophie wendet sich wieder den Papieren zu. »Trine Balsters war tatsächlich ganz allein auf der Welt. Sie war nie verheiratet, hatte keine Kinder und auch sonst keine Verwandten. Bloß eine Schwester, die schon im Kindesalter verstorben ist.«

»Mann, das ist echt heftig. Keine Sekunde lang könnte ich mir so ein Leben vorstellen!« Svenja schüttelt betroffen den Kopf. »Natürlich nerven mich meine Leute ab und zu, aber ich würde keinen einzigen von ihnen missen wollen. Nicht einmal Matjes, obwohl der mich echt Nerven kostet. Jetzt hat er meiner Zahnärztin eine von seinen Schrottkarren angedreht. Nun trau ich mich dort nicht mehr hin, vor lauter Angst, dass sie ihren Ärger über die Klapperkiste an mir auslässt.«

»Mein Pick-up ist auch kaputt«, gesteht Sophie und fängt sich einen vorwurfsvollen Blick ihrer Kollegin ein.

»Ich hatte dich . . .«

»Ich weiß, du hattest mich gewarnt. Aber als dein Bruder mir diesen knallgelben Nissan angeboten hat, konnte ich einfach nicht widerstehen.«

Svenja seufzt. »Matjes' Schwester zu sein ist kein Zuckerschlecken. Und trotzdem – meine Eltern und meine Geschwister sind mir genauso wichtig wie mein Freund. Sie sind das, was mein Leben ausmacht«.

»Hm«, macht Sophie nachdenklich. Im Gegensatz zu Svenja, die drei Brüder und vier Schwestern hat, ist ihr Privatleben personell eher dürftig ausgestattet.

»So viel besser sieht es bei mir auch nicht aus«, gibt sie dann zu. »Um ehrlich zu sein, gehe ich meinen Eltern, wann immer ich kann, aus dem Weg. Und wenn mir das nicht gelingt, bin ich hinterher jedes Mal ausgelaugt von all den Erwartungen, die ich nicht erfülle. Während meine Schwester reich geheiratet und sich angemessen fortgepflanzt hat, setze ich bloß für einen schlecht bezahlten Job mein Leben aufs Spiel.«

»Oh«, sagt Svenja mitfühlend. »Das wusste ich nicht. Bei mir zu Hause sind alle stolz darauf, dass ich bei der Kripo arbeite. Aber Freunde hast du schon, oder?«

»Ja. Zum Glück. Meine beste Freundin Alex entschädigt mich voll für die fehlende Nestwärme.« Sophie schmunzelt. »Und einige meiner Kollegen sind auch nicht schlecht. Ich meine, die unter dreißig«, setzt sie grinsend hinzu.

»Verstehe.« Svenja kichert. »Dabei ist der Rüde schon viel entspannter geworden, seit er die Maike hat. Sei froh, dass du ihn vorher nicht kanntest!«

Sie biegt in eine enge Sackgasse und bleibt am

Fahrbahnrand stehen.

»Ich glaube, hier sind wir richtig.«

Die kleine weiße Reetdach-Kate sieht ein wenig heruntergekommen aus. Links daneben steht eine weitere, rechts beginnen schon die Felder.

Der Vorgarten ist winzig und die metallene Gartentür schlackert im Wind.

Svenja geht vor und klopft an die hölzerne Haustür. Drinnen rührt sich nichts, aber im Haus nebenan öffnet sich die Tür einen Spalt und eine ältere mollige Frau lugt neugierig heraus.

Sophie ergreift sofort die Gelegenheit und geht zu ihr hinüber.

»Moin, wir sind von der Kripo. Wir würden uns gerne mit Ihnen über Frau Balsters unterhalten.«

»Wieso das denn? Sie wird doch wohl nichts angestellt haben - in ihrem Alter?«, scherzt die Nachbarin.

»Nee, das nicht«, beginnt Sophie freundlich, »aber . . .«

»Ach du meine Güte, es ist ihr etwas zugestoßen, nicht wahr?« Die beleibte Frau schlägt sich mit der Hand auf den Mund.

»Ja, das stimmt leider. Sie wurde tot auf einer der Nebenstraßen zwischen hier und Husum aufgefunden.«

»Nein! Wie schrecklich, was ist denn bloß . . .«

»Wir wissen noch nichts Genaues«, bleibt Sophie vage. »Wären Sie so freundlich, uns ein wenig über Ihre Nachbarin zu erzählen?«

»Aber klar doch. Kommen Sie rein. Ich hab gerade ‘nen Tee aufgebrüht.«

* * *

An dem runden Holztisch in der kleinen abgewohnten Küche erfahren die beiden Kommissarinnen alles, was Frauke Dijkstra über Trine Balsters weiß.

»Sie war so eine angenehme Nachbarin. Niemals laut oder aufdringlich. Und hat sich auch nie beschwert, wenns bei uns mal lauter wurde. Sie müssen wissen, wenn meine Tochter mit ihren Kleinen zu Besuch kommt, ist bei uns die Hölle los.«

»Frau Balsters hatte keine Familie, nicht wahr?«, führt Sophie die überschwängliche Frau Dijkstra wieder zum Kern der Unterhaltung zurück.

»Ja, das stimmt. Sie war nie verheiratet und hatte auch keinen Lebenspartner. Sie hatte immer bloß ihren Laden und als sie den schloss, bloß noch den Garten.«

»Was hat sie denn den ganzen Tag gemacht? Hat sie Freunde getroffen?«, klinkt sich Svenja nun ein.

»Nee, nicht dass ich wüsste. Sie hatte gar keine, also zumindest hab ich hier nie welche gesehen, und sie hat auch nie etwas erzählt.«

»Aber irgendwie muss sie sich doch beschäftigt haben.«

»Ja, hat sie auch. Sie hat viel gebastelt. Alles Mögliche. Kleine Stoffdöschen bestickt, Blumenampeln geknüpft, Steine geklebt und bemalt . . . sie hat die Sachen in die Touristenläden gebracht. Da hat sie sich ‘n bisschen was dazu verdient.«

»Was denken Sie, was hatte sie in der Südermarsch zu tun, so zeitig am Morgen?«

»Wahrscheinlich wollte sie bloß ihr Zeugs nach Husum bringen, manche der Läden öffnen schon recht früh.«

»Wir haben aber nichts bei ihr gefunden«, wendet

Sophie ein. »Keine Basteleien, keine Handarbeiten, nicht mal eine Handtasche.«

»Das ist ja seltsam.« Frauke Dijkstra kratzt sich neben der Nase und verzieht das Gesicht. »Sie hatte doch sonst immer ihre Handtasche dabei. Das war so ‘ne kleine braune, schon recht abgewetzt. Ich hab immer gesagt, Trine warum kaufst du dir nicht mal ‘ne neue? Aber da war sie stur. Wozu das gute Geld ausgeben, wenns die alte noch tut.«

Sophie gehen langsam die Fragen aus. Die tote Frau Balsters bietet mangels Familien- und Sozialleben so gut wie keine Anhaltspunkte für weitere Nachforschungen.

»Können Sie uns die Geschäfte nennen, für die sie Produkte angefertigt hat?«

»Ein paar weiß ich schon, weil sie stolz war, dass die ihre Sachen genommen haben. Aber ich sag Ihnen, die haben sie bloß ausgebeutet. Wirklich Geld verdient hat sie damit nicht.«

Svenja reißt ein Blatt aus ihrem Notizblock und schiebt es über den Tisch. »Wenn Sie so nett wären, die Läden zu notieren, an die Sie sich erinnern können.«

4

Kommissar Thomsen parkt seinen Landrover auf dem reservierten Parkplatz vor der Dienststelle. Seine Laune ist im Keller, seit die Kollegin Meerkatz das Einschussloch in der Stirn der Toten entdeckt hat. Alter Segelkumpel hin oder her, einem Leichenbeschauer darf so ein Detail nicht entgehen. Nun hat er nicht nur einen perfiden vorsätzlichen Mord an einer wehrlosen alten Frau aufzuklären, sondern muss sich auch noch überlegen, wie er in Sachen Emmermann vorgeht. Die Meerkatz wird garantiert auf dessen neuestem Patzer herumreiten, und dieses schlechte Image wird auf ihn selbst abfärben, wenn er seinem langjährigen Freund den Rücken stärkt.

So ein Mist aber auch! Missmutig wirft er die Autotür heftiger zu als nötig wäre. Auf der Treppe, die zu den Räumlichkeiten der Kripo Husum hinaufführt, läutet sein Diensthandy.

»Ja?«, knurrt er hinein.

»Hier Aiko.«

»Mann, Aiko! Da haste aber mal kräftig in die Scheiße gelangt.«

»Jetzt fang du nicht auch noch an«, kommt es gekränkt zurück. »Als ob bei so 'nem vertrockneten alten Mütterlein mit 'nem Einschussloch im Kopf zu rechnen ist! Die Chancen für so was stehen schlechter als für 'n Lotto-Jackpot. Das weißt du doch selbst, dass in so einem Fall ein Sturz oder 'n Herzinfarkt x-mal wahrscheinlicher wäre.«

»Ist aber nicht«, knurrt Thomsen. »Und du hast mich mit deiner Herzinfarkt-Nummer ganz schön dämlich aussehen lassen.«

»Was? Bin ich jetzt schuld? Hat dich dieses Katzenweib schon gegen mich auf gehetzt?«

»Mensch Aiko, das hat doch mit ihr nichts zu tun! In Wahrheit kannst du dich bei ihr bedanken, dass sie das Loch gefunden hat, bevor du deinen Bericht abgeliefert hast. Da wärste richtig in der Kacke ausgerutscht!«

Ein gleichmäßiges Tüten in der Leitung gibt Thomsen zu verstehen, dass sein Freund aufgelegt hat. Verärgert schiebt er sein Handy zurück in die Hosentasche und stößt die Glastür zum Großraum auf.

Im nächsten Moment bleibt er mit einer Fußspitze an einem Hindernis hängen und verliert das Gleichgewicht. Bei dem Versuch den Sturz abzuwenden, kippt er mit dem anderen Fuß um und kracht lautstark zu Boden.

Der Schrei, der nun durch die Polizeiinspektion hallt, lockt Kollegen an, die neugierig auf den am Boden liegenden Hauptkommissar herabglotzen. Wutentbrannt tritt er den metallenen Tretroller von sich, über den er gestolpert ist.

»Wem gehört das Scheißding?«

»Äh . . . der Sophie«, stammelt Jasper und streckt die

Hand aus, um seinem Chef hochzuhelfen, während die anderen sich rasch verkrümeln.

»Klar. So was von«, grummelt Thomsen und verpasst dem stylischen Cityflitzer einen weiteren Tritt, während er auf sein Büro zuhumpelt. An der Tür dreht er sich noch mal um.

»Benachrichtige die Staatsanwaltschaft, organisiere die Autopsie und druck mir alle Infos aus, die du über das Opfer finden kannst. Und dieses Scheißding«, er deutet auf den Roller, der nun mitten im Raum liegt, »kommt zu den Fahrrädern in den Hof.«

5

Nach der Befragung der redefreudigen Nachbarin bleiben Sophie und Svenja noch einen Augenblick vor der Haustür von Frau Dijkstra stehen und schauen in den winzigen Vorgarten der alten Trine Balsters hinüber.

»Mann, muss die einsam gewesen sein«. Svenja schüttelt sich.

»Und aufregend scheint ihr Leben auch nicht gewesen zu sein«, ergänzt Sophie. »Auch wenn ich nicht viel Hoffnung hege, dass die anderen Nachbarn mehr wissen, befragen sollten wir sie trotzdem.« Sie deutet auf ein größeres Einfamilienhaus auf der anderen Straßenseite.

»Klar«, stimmt Svenja zu.

Als sie die Straße queren, klingelt Sophies Handy. Das Display zeigt *Kommissar Hinrichs.*

»Moin Jasper.«

»Moin Sophie. Die Klärung mit der Staatsanwaltschaft hat schnell geklappt, ihr könnt das Wohnhaus der Toten jetzt durchsuchen. Ich schick euch jemanden, der euch die Tür aufsperrt, okay?«

»Bestens. Danke dir, Jasper.«

»Und . . . Sophie?«

»Ja?«

»Lasst euch Zeit.«

»Äh . . . warum?«

»Hier im Büro ist die Stimmung unter Null, wollte euch bloß vorwarnen.«

»Lieb von dir.« Sophie legt auf und wendet sich wieder Svenja zu. »Wir müssen hier beim Haus bleiben, es kommt gleich jemand, der uns reinlässt.«

Svenja will gerade nachfragen, was Jasper noch gesagt hat, als Frauke Dijkstra neuerlich ihre Tür öffnet.

Sie winkt ihnen zu.

»Mir ist noch was eingefallen«, ruft sie. »Die Trine hatte im Sommer immer die Terrassentür offen. Schon seit ‘n paar Jahren, seit sie sich ‘ne Fliegengittertür montieren ließ, so eine mit Magneten, wissen Sie. Seitdem machte sie nur noch diese auf und zu. Sogar in der Nacht. *Wer soll mich schon forttragen*, sagte sie immer.«

»Danke«, erwidert Sophie und geht den schmalen Weg entlang, der seitlich am Häuschen vorbei in den hinteren Teil des Grundstücks führt.

Svenja folgt ihr und nach wenigen Schritten stehen sie in einem sorgsam gepflegten Garten. Groß ist er nicht, aber für ein paar Sträucher und Blumen reicht es. Sogar ein kleines Gemüsebeet wurde angelegt.

Sophie zieht am Griff der Insektenschutztür und blickt in ein kleines mit viel zu vielen Möbeln vollgestopftes Wohnzimmer.

»Na denn, mal los.« Svenja zieht sich ein Paar Einweg-Handschuhe über und tritt über die Schwelle. »Ich guck mal, obs Hinweise auf Haustiere gibt, die sind in so einem Fall immer die Ärmsten.«

Sophie muss schmunzeln. Das ist so typisch Svenja. Sie selbst nimmt sich die Wohnzimmereinrichtung vor.

Nach einer Stunde akribischem Durchkämmen allen Inventars, bloß unterbrochen durch das Eintreffen des Schlüsseldienstes, sind sie fertig.

Svenja schenkt Wasser in zwei Gläser.

»Die alte Trine hat tatsächlich ohne Menschen und ohne Tiere gelebt. Die hatte nicht mal 'nen Goldfisch oder 'ne Schildkröte. Kannst du dir das vorstellen?« Sie schüttelt fassungslos den Kopf.

»Nee, früher vielleicht schon, aber mittlerweile nicht mehr«, gibt Sophie zu. »Otello hat mich fest im Griff.«

Der schwarz-weiße kleine Kater war ihr zugelaufen, als sie die ersten Tage nach ihrem Umzug von Berlin an die Nordsee in Ella Hinrichs Wohnwagenpark übernachten musste. Und weil Jaspers Mutti der Meinung war, schon mehr als genug Katzen zu haben, nahm sie Otello mit, als sie auszog. Genau genommen hatte Thomsen ihr das Kätzchen hinterhergebracht. Das war eine nette Geste von ihm gewesen, doch es blieb leider die einzige.

»Hörst du das?«, fragt Svenja und reißt Sophie aus ihren Gedanken.

»Ich hör gar nichts.«

»Eben. Diese Stille. Das ist doch unerträglich. Bei uns zu Hause kann man das Leben hören.«

Sophie lächelt nachsichtig. Svenja ist gerade erst zu ihrem Freund auf den Hof gezogen. Einem BIO-Bauern. Nachhaltige Landwirtschaft und Artenvielfalt sind seitdem ihre Lieblingsthemen.

»Mir ist noch etwas aufgefallen«, erwähnt Sophie. »Trine Balsters hatte nicht nur keine Verwandten, keine Freunde und keine Haustiere – sie hatte auch keine Angst. Sonst hätte sie nie und nimmer ständig ihre Terrassentür offengelassen.«

»Stimmt. Furchtlos und ohne Feinde – und dann bekommt sie aus heiterem Himmel eine Kugel in den Kopf?«

»Mhm . . .« Sophie legt den Kopf schief und verzieht das Gesicht. »Ich habe überhaupt keine Hinweise auf soziale Aktivitäten gefunden. Sie hatte kein Internet, keinen Computer, offenbar auch kein Handy, war Mitglied in keinem Verein und hatte auch keine Verabredungen.«

Svenja deutet auf einen Kalender mit Landschaftsmotiven, der in der Küche hängt und überhaupt keine Einträge aufweist.

»Wahrscheinlich hatte sie den bloß wegen der Bilder.«

»Hast du eigentlich irgendwelche Papiere gefunden? Rechnungen oder so?«, fragt Sophie.

»Nee. Alles, was ich durchsucht habe, war bloß mit Zeugs vollgestopft. Stickereien, Basteleien, Stoffreste, Wolle, Schnüre und Fäden ohne Ende.«

Sophie nickt bestätigend. »Bei mir das gleiche. Eine einzige Dokumentenmappe war dabei. Mit Fotos von ihren Eltern und ihrer Schwester aus dem Jahre Schnee. Ansonsten gibt es hier kein Papier. Keine Rechnungen, keine Kontoauszüge, kein Testament.«

Svenja bläst sich eine Strähne aus dem Gesicht und sieht Sophie mit großen Augen an. »Auch wenn das jetzt vielleicht nicht sehr nett klingt, aber ich habe den Eindruck, jemand hat die langweiligste Person auf der ganzen Welt getötet. Sie hatte ein dermaßen ereignisloses Leben, dass ich mich frage, warum sich überhaupt jemand die Mühe gemacht hat, sie zu erschießen?«

6

Jasper legt den Finger an die Lippen, als Sophie und Svenja zurückkehren. »Bloß keine schlafenden Hunde wecken«, flüstert er und wirft einen demonstrativen Blick auf Thomsens Büro.

»Was hat er denn?«, fragt Sophie arglos.

»Er ist über deinen Roller gestolpert. Ich hab ihn in den Hof hinuntergebracht.« Jasper deutet zum Fenster und Sophie sieht interessiert hinunter. Tatsächlich steht ihr nagelneuer schicker Tretroller zwischen etlichen alten Fahrrädern.

»Soll sein.« Sie zuckt die Schultern. »Deswegen ist er angepisst?«

»Aber wie!«

Wie um Jaspers Worte zu untermauern, geht die Tür zum Chefbüro auf und Thomsen hinkt heraus.

»Ah, Kollegin Meerkatz«, knurrt er zur Begrüßung. »Ergebnisse?«

»Nun, wir haben nichts gefunden . . .«

»Und dafür habt ihr zwei Stunden gebraucht?«

»Alles, was man über Trine Balsters rausfinden kann, ist, dass es nichts über sie rauszufinden gibt, Chef«, pflichtet Svenja ihrer Kollegin bei.

»Na, denn. Obduktion, hopp hopp.« Er tippt auffordernd auf seine Armbanduhr. »Ist schon alles organisiert.«

Sophie, die auf eine Kaffeepause gehofft hatte, stöhnt.

Svenja schnappt nach Luft. »Chef, kann ich bitte . . .«

Jasper unterbricht sie. »Also, ich würde gerne gehen, Chef. Ehrlich. Ist schon ewig her, dass ich bei einer Autopsie dabei war.«

»Meinetwegen«, brummt Thomsen und hinkt wieder in sein Büro zurück.

* * *

Im Keller des Klinikums ist es angenehm kühl. Weniger angenehm ist der Geruch, der dort herrscht.

Ein leicht untersetzter kahlköpfiger Bartträger empfängt die Ermittler freundlich.

»Dr. Peter Jensen, ich bin der zuständige Pathologe.«

»Sophie Meerkatz. Das ist mein Kollege Kommissar Hinrichs.«

»Schussopfer haben wir selten«, kommentiert Jensen, während er sich die Schutzkleidung anlegt.

»Das ist auch gut so«, flachst Jasper.

Ein Assistent bereitet den Leichnam vor, als sie an den Tisch treten.

Sophie betrachtet die Tote. Ohne ihre Perücke hätte sie die Frau kaum wiedererkannt. Der kahle Kopf mit dem Loch in der Stirn, lässt sie noch zarter und zerbrechlicher wirken, als noch vorhin, als sie halb im Straßengraben lag.

»Bis dato gehen wir davon aus, dass sie durch den Schuss gestorben ist«, sagt Sophie. »Eine genaue Todeszeit wäre nicht schlecht.«

»Ich werde mir Mühe geben«, antwortet Jensen, schaltet sein Diktiergerät ein und beginnt mit der Untersuchung.

»Wir können für die Besprechung rausgehen«, schlägt er vor, nachdem er seine Arbeitsgeräte zur Seite gelegt und die Schutzkleidung wieder abgelegt hat.

Sophie und Jasper nicken erleichtert und folgen ihm ins Freie.

Der Arzt überreicht eine Patrone in einem kleinen durchsichtigen Beutel, fummelt eine Zigarettenpackung aus der Tasche und steckt sich eine an.

»Todesursache war tatsächlich der Schuss. Es handelt sich hierbei um einen Steckschuss. Die Kugel ist nicht wieder ausgetreten. Die Verletzung an der Schädelbasis ist durch den Sturz erfolgt. Sie war ansonsten bei guter Gesundheit. Hätte noch einige Jahre vor sich gehabt.«

Sophie nickt, während sie das Beweisstück ins Licht hält und neugierig beäugt. Etwas in der Art hatte sie erwartet. Schließlich wurde die Kugel trotz akribischer Suche am Tatort nicht gefunden.

»Und wann wurde sie erschossen?«

»Ich schätze zwischen sechs und sieben Uhr morgens. Wann wurde sie gefunden?«

»Kurz nach sieben. Haben Sie sonst irgendwelche Auffälligkeiten festgestellt? Ich meine irgendwas, das uns weiterhilft?«

»Keine Ahnung, ob Ihnen das weiterhilft, aber eine Auffälligkeit hätte ich schon entdeckt. Sie war noch Jungfrau.«

»Wirklich?« Jasper bleibt vor Überraschung der Mund offenstehen.

»Ja, echt.« Jensen schmunzelt. »Manche werden steinalt und verpassen dabei die schönste Sache der Welt.«

Auf der Rückfahrt bleibt Sophie bei einer kleinen Gaststätte stehen.

»Ich lade dich auf 'nen Kaffee ein, oder 'n Käsekuchen, aber 'ne Pause ist mir jetzt echt wichtig.«

Jasper nickt. »Du hast recht, beim derzeitigen Stand der Dinge erscheint mir eine sofortige Rückkehr ebenfalls zu riskant. Wenn der Chef sauer ist, wird er unberechenbar.« Sein Blick fällt auf die Werbetafel des Lokals. »Mhm, die haben auch Eiscreme!«

Sophie lacht und visiert einen freien Tisch im Schatten an.

Sie haben sich beide ein leckeres Fischgericht gegönnt und anschließend von der Eiskarte gewählt. Während sie auf die Nachspeise warten, druckst Jasper plötzlich herum.

»Du . . . ähem . . . kann ich dich mal was fragen? Ich meine, du bist doch eine Frau und so . . .«

»Eine Frau und so?« Sophie lacht.

»Nein, entschuldige bitte. Ich wollte dich nicht beleidigen.«

»Du beleidigst mich nicht, wenn du feststellst, dass ich

weiblich bin. Allerdings braucht man dafür nicht unbedingt kriminalistischen Spürsinn . . .«

»Was? Wie? Ach, herrje . . .« Er kratzt sich verlegen an seiner beginnenden Halbglatze.

Sophie sieht ihn mitleidig an. Offensichtlich hat sie ihn mit ihrer letzten Bemerkung völlig aus dem Konzept gebracht.

»Weißt du was, Jasper, frag einfach gerade heraus.«

»Okay.« Er schluckt hörbar.

»Ich soll heiraten.«

»Was?« Damit hätte sie nun wirklich nicht gerechnet.

»Ja, meine Mutti liegt mir schon seit 'ner Ewigkeit damit in den Ohren. Seit sieben Jahren, um genau zu sein. Diesen März wurde ich neunundzwanzig und da sagte sie mir klipp und klar, dass sie mit ihrer Geduld langsam am Ende ist.«

Sophie lacht lauthals heraus. Sie hat Jaspers Mutter bereits näher kennengelernt. Ella Hinrichs ist eine entzückende und hilfsbereite Person. Ein wenig resolut, aber durch und durch liebenswert.

»Das ist sicher bloß ein Scherz«, versucht sie ihren Kollegen zu beruhigen.

»Ist es nicht. Sie wünscht sich das wirklich. Von ganzem Herzen.«

»Ach. Und du?«

Nun sieht er verlegen zu Boden. »Ich auch. Irgendwie. Der Jensen vorhin hatte nicht ganz unrecht mit der schönsten Sache der Welt und so. Aber ich bin einfach zu schüchtern. Schon beim Gedanken daran, dass ich eine Frau ansprechen soll, werde ich schrecklich nervös.« Er atmet einmal tief ein und wieder aus. »Die Svenja hat jetzt ein Inserat für mich geschaltet.«

»Stimmt. Das hat sie erwähnt.«

Er lächelt verlegen. »Mich würde deine Meinung dazu interessieren. Denkst du, das kann klappen?«

»Klar, warum nicht? Wenn du es nicht bloß deiner Mutti zuliebe tust.« Sie grinst und hebt ihr Glas. »Auf ein baldiges Rendezvous!«

7

Rüdiger Thomsen legt zufrieden die Fernbedienung auf den Couchtisch, nachdem er den Sportkanal eingestellt hat. Maike packt ihm ein Kissen unter den schmerzenden Knöchel und einen Teller mit belegten Brötchen auf den Bauch.

»Du bist ein Schatz!« Er gibt ihr einen liebevollen Klaps auf den Po.

»Mach ich doch gerne, Bärchen.«

Sie stöckelt auf ihren zierlichen High Heels ein weiteres Mal in die Küche, um ihren Liebling auch noch mit einem kühlen Bierchen zu verwöhnen.

Für sich selbst nimmt sie eine Flasche Rotwein mit.

Sie setzt sich zu ihm und während sie sich ein Glas Wein einschenkt, betrachtet sie liebevoll sein Profil. Er ist aber auch ein gut aussehender Mann, ihr Bärchen. Mit seinem markanten Kinn und den ausdrucksvollen dunklen Augen. Der Dreitagebart lässt ihn ein wenig raubeinig wirken, auf eine Art, die sie enorm anmacht.

Sie küsst ihn oberhalb der Schläfe, wo das dunkle dichte Haar bereits silbrig ist.

»Wollen wir nicht zusammenziehen?«

Sie reicht ihm die kühle Bierflasche.

»Was?«

»Wir habens doch nett miteinander?«

»Klar, Mäuschen.«

»Und ‘ne fixe Beziehung haben wir doch auch, nicht wahr?«

»Was meinste jetzt mit fix?« Rüdiger kratzt sich hinterm Ohr. Dieses Gespräch scheint sich in eine Richtung zu entwickeln, die er lieber vermeiden möchte.

»Na, dass wir einander treu sind. Oder willste, dass ‘n anderer mit den Babys hier spielt?« Sie tritt vor ihn hin und präsentiert ihm ihre Oberweite genau in Augenhöhe.

»Logisch, dass ich die für mich allein will.«

»Dann lass uns doch zusammenziehen.«

Rüdiger seufzt. Warum muss sie schon wieder mit diesem Thema anfangen? Und warum jetzt, wo im Fernsehen die Zusammenfassung der heutigen Sportereignisse läuft?

Statt einer Antwort dreht er die Lautstärke des TV-Gerätes lauter. In der Hoffnung, sie von weiteren Diskussionen abzuhalten.

Doch Maike bleibt hartnäckig.

»Das wär doch fein und hätt doch ‘ne Menge Vorteile. Du weißt doch, wie gern ich für dich koche. Kriegst jeden Abend ‘ne prima Mahlzeit und die Wäsche mach ich dir auch gleich mit.«

»Hmm«, brummt Rüdiger, ohne sich näher festlegen zu wollen. Das kennt er schon. Erst kommen die Versprechungen, dann die Erwartungen und danach die Vorhaltungen. Drei Ehen und drei Scheidungen reichen für ein Leben.

»Also, was sagst?« Maike sieht ihn hoffnungsfroh an, die Lippen zum Kussmund gespitzt.

»Aber ich bin doch gar kein Wohnungsmensch«, grummelt er und leert die Bierflasche zur Hälfte.

»Ach Mann, Rüde, dann ziehen wir eben in dein Haus.«

»Aber du hast doch dein' Friseurladen hier um die Ecke, und für mich isses auch näher ins Büro.«

»Nun, dann . . .«

Rüdiger ist überzeugt, dass Maike auch hierauf eine passende Antwort hat, doch der aufdringliche Klingelton seines Diensthandys übertönt sie.

»Thomsen . . . was? Wo? Klar. Bis gleich.«

»Oh. Du musst noch mal weg?« Die Enttäuschung steht ihr ins Gesicht geschrieben. »Um die Uhrzeit? Und mit diesem Knöchel?«

»Ja, jetzt. Mit diesem Knöchel. Wüsste nicht, wo ich auf die Schnelle einen anderen herbekommen sollte. Manchmal muss ein Mann eben tapfer sein.« Erleichtert, dem heiklen Thema für heute noch einmal entkommen zu können, hievt er sich hoch. »'Ne Leiche nimmt eben keine Rücksicht. Weder auf die Uhrzeit, noch auf die Wehwehchen des Hauptkommissars.«

»'Ne Leiche? Noch eine?« Maike reißt die Augen auf. »Ihr hattet doch heute früh schon eine.«

»Stimmt«, brummt Thomsen. Zwei Leichen an einem Tag – das gabs in Husum noch nie.

8

»Mensch, Alex, war das ein Tag!«

Sophie rekelt sich in ihrem bequemen Gartenstuhl. Es geht nichts über einen abendlichen Plausch mit der besten Freundin. Eine Hand hält das Handy ans Ohr, die andere greift nach dem Glas Rotwein. »Übersieht dieser Emmermann doch tatsächlich das Einschussloch! Ich hätt gar nichts sagen sollen, dann wär er erst beim Bestatter aufgeflogen!«

»Oder auch nicht«, hält Alex dagegen. Als Rechtsmedizinerin an einem der größten Institute Berlins waren ihr schon einige Schnitzer der Leichenbeschauer untergekommen.

»Quatsch. Ein Bestatter, der die Leiche herrichtet, kann unmöglich ebenfalls das Loch mitten auf der Stirn übersehen.«

»Das ist richtig, aber manche trauen sich nicht, dem Arzt zu widersprechen.«

»Ist nicht dein Ernst . . .«

»Doch. Ich hatte mal so einen Fall. Auch mit einem Kopfschuss, der allerdings wirklich leicht zu übersehen war. Die Kugel trat im Hinterkopf ein und vorne nicht aus. Also sah man es der am Rücken liegenden Leiche nicht an. Der Angestellte des Bestatters hat mich bloß deshalb kontaktiert, weil er mich schon kannte. Sein Chef hätte das einfach durchgewinkt.«

»Das ist gruselig.« Sophie nimmt einen Schluck Rotwein. »Jedenfalls ergibt der Tod dieser Frau überhaupt keinen Sinn . . .«

»Für dich nicht«, unterbricht Alex.

»Auch für meine Kollegen nicht. Auf dem Heimweg hat mich Jasper noch angerufen und erste Infos von der KTU durchgegeben. Die alte Frau wurde ganz bewusst abgeknallt. Aus nächster Nähe. Mit einer kleinkalibrigen Waffe, einer 22er, vermutlich einem Revolver. Das kommt einer Hinrichtung gleich.«

»Ich versteh schon, aber für den Mörder muss es einen Sinn ergeben haben. Vielleicht hatte sie etwas, das er wollte?«

»Eine Blumenampel aus Makramee?« Sophie stöhnt und nimmt einen weiteren Schluck Rotwein. »Vielleicht handelt es sich um einen kranken Spinner . . .«

Ein Maunzen lenkt sie ab. Der kleine schwarze Kater mit den weißen Pfoten kommt aus den Büschen auf sie zu und springt ihr ohne zu zögern auf den Schoß.

»Hi, mein Kleiner!«, begrüßt sie ihn liebevoll.

»Weißt du, dass ich mehr Fotos von deinem Otello auf meinem Handy habe, als von meiner gesamten Verwandtschaft?«, lästert Alex.

»Schick ich dir zu viele?« Sophie krault ihren Liebling hinter den Ohren.

»Nein, nein, keine Sorge, mein Handy hat noch einen restlichen freien Speicher von zwei Prozent«, blödelt ihre

Freundin munter weiter. »Aber vielleicht gönnst du dir zur Abwechslung mal einen Mann für die Abendgestaltung?«

»Nicht die blödeste Idee . . . du hast recht, es wäre echt wieder an Zeit für ein Date. Ob ich Svenja bitten sollte, für mich ebenfalls ein Inserat anzulegen?« Sie kichert.

»Was ist mit deinem Grumpy-Boss, diesem Thomsen?«

»Das fragst du mich jetzt nicht im Ernst!« Sophie verdreht die Augen. »Der war heute wieder so schlecht gelaunt. Immer ist er wegen irgendwas angepisst, und wir dürfen's ausbaden. Svenja sagt, bevor er die Maike hatte, wars noch schlimmer, aber das ist kaum vorstellbar . . .« Sie unterbricht sich selbst, weil ihr Diensthandy drinnen im Haus klingelt. »Warte mal kurz, ich muss nachsehen, wer so spät abends noch anruft.«

»Ach Mist«, flucht sie, als sie den Namen am Display liest. »Wenn man vom Teufel spricht . . . da muss ich rangehen, melde mich nachher noch mal.«

Angesäuert nimmt sie den Anruf ihres Vorgesetzten entgegen.

»Moin Rüde, was gibts?«

»Noch 'ne Leiche.«

9

Der Parkplatz am Dockkoog ist um diese Jahreszeit ein Touristenmagnet. So nah am Watt und gleich neben dem Zeltplatz – da kann man von Glück sagen, wenn man hier eine Lücke findet.

Nun ist er mit rot-weißem Absperrband großflächig eingegrenzt und eine Menge Einsatzfahrzeuge stehen einander im Weg. Die schlechte Beleuchtung wird mittlerweile durch die Scheinwerfer der Tatortsicherung ergänzt.

Thomsen steht zwischen dem Einsatzwagen der Polizei und dem Ambulanzwagen, als Sophie unter dem Absperrband durchschlüpft.

»Was ist passiert?«, fragt sie, als sie ihren Chef erreicht. Die kühle Brise, die vom Meer kommt, beschert ihr eine Gänsehaut. Sie fröstelt und reibt sich die Unterarme.

»Wissen wir noch nicht, sieh mal hier.«

Er führt sie hinkend zu einem alten Opel Kadett aus dem vorigen Jahrhundert, der das Zentrum der Aufmerksamkeit aller Anwesenden darstellt. Etliche 500 Watt Strahler sind auf das in die Jahre gekommene Vehikel gerichtet und ein Polizeifotograf im Schutzanzug verrenkt sich vor dem offenen Kofferraum, um das, was sich darin befindet, aus allen möglichen Blickwinkeln abzulichten.

Sophie tritt näher, um besser zu sehen. Der Geruch von Erbrochenem und Urin steigt ihr unangenehm in die Nase. Ein Körper wurde in diesen Kofferraum gepfercht. Eine Frau. In einem hellen, geblümten Sommerkleid, das viel zu weit hinaufgerutscht ist. Ihre Arme und Beine sind gefesselt, das Gesicht ist blutig geschlagen. Die langen dunklen Haare kleben in den Wunden, die Augen sind bereits starr.

Sophie schluckt und wendet sich ab. Neben Thomsen steht nun ein weiterer Mann in einer dunkelblauen Windjacke. Mit verschränkten Armen und hochgezogenen Schultern. Als sie näher kommt, dreht er sich um.

»Ah, Dr. Emmermann.« Sie setzt ein Lächeln auf. »Was ist ihr Tipp? Herzinfarkt? Unfall? Unvorsichtige Menschen können schnell mal in einen Kofferraum stolpern, nicht wahr?«

»Das muss ich mir nicht anhören.« Der Arzt wirft seinem Freund einen verletzten Blick zu und stapft beleidigt davon.

»Musste das sein?«, blafft Thomsen.

Sophie zuckt die Schultern.

»Was wissen wir schon?«

»Nicht viel. Die Frau ist grob geschätzt um die vierzig, sie hatte nichts bei sich. Keine Tasche, keine Geldbörse, keinen Schmuck. Nichts, was uns die Identifizierung erleichtern würde.«

»Todesursache?«

»Vermutlich ist sie erstickt . . .« Thomsen lässt den Satz so seltsam in der Luft hängen, dass Sophie einfach nachfragen muss.

»Oder?«

»Nun, der Aiko meinte, sie könnte durch die Aufregung auch einen Herzinfarkt erlitten haben.«

»Klar.« Sophie räuspert sich und schluckt alles hinunter, was ihr auf der Zunge liegt. »Wann findet die Obduktion statt?«

»Morgen früh. Sie ist gleich die Erste, darauf werde ich bestehen.«

»Gut, ich werde da sein. Wo sind Jasper und Svenja?«

»Jasper befragt die Zeugen vom Parkplatz und Svenja versucht herauszufinden, wem dieser Opel gehört.« Thomsen deutet auf die Stelle, wo sich üblicherweise das Autokennzeichen befindet. »Hat der Täter wohl entfernt, um uns die Arbeit zu erschweren.«

Sophie seufzt. »Wir wissen also weder, wer diese Frau ist, noch wem das Fahrzeug gehört.«

»Mhm«, brummt Thomsen. »Zusammenfassen kannst du gut, das muss man dir lassen.«

Bei Nebel ist die Sicht begrenzt

Mittwoch

10

Todmüde allein ins Bett zu fallen ist nicht so schwierig, gerädert am nächsten Morgen aufzustehen ist deutlich mühsamer. Vor allem, wenn niemand da ist, der einem den Kaffee ans Bett bringt und die Kleidung richtet.

Rüdiger Thomsen spürt die Leere trotz des Stresses, den er selbst durch mehrmaliges Vertrösten des Weckers verursacht hat.

Der Anfahrtsweg von seinem Haus in die Polizeiinspektion ist auch deutlich länger, und nachdem er spät dran ist, ist auch das Verkehrsaufkommen höher. Weil jeder Touri, der zwei Hände hat, um das Lenkrad zu halten, mit dem Leihauto ins Zentrum fahren muss, grollt er in Gedanken.

Der Stützverband um seinen Knöchel hat sich in der Nacht gelockert und ist ihm bis zu den Zehen hinuntergerutscht. Weil ihm für die Wiederherstellung die Fingerfertigkeit fehlt, hat er ihn lieber abgewickelt.

Umso unsicherer humpelt er nun über den Parkplatz des Reviers. Als er im ersten Stock aus dem Lift steigt, spürt er, wie sein Puls in die Höhe schnellt. Durch die

Glastür hindurch sieht er bereits den roten Tretroller an der Wand lehnen. Als ob er nur darauf wartet, hinunterzurutschen und als perfektes Hindernis im Eingangsbereich liegen zu bleiben. Dieses verdammte Katzenweib! Welcher erwachsene Mensch fährt mit so einem Kinderspielzeug in die Arbeit?

»Besprechung in meinem Büro«, knurrt er seine Mitarbeiter an, die es sich an Jaspers Tisch mit einer Tasse Kaffee gemütlich gemacht haben.

»Wissen wir schon, wer die Tote ist?«, blafft er in die Runde, nachdem alle an seinem Besprechungstisch Platz genommen haben.

»Nee«, beginnt Svenja. »Die Fingerabdrücke des Opfers sind über Nacht durch die Datenbank gelaufen, aber ohne Ergebnis. 'Ne Vermisstenanzeige, die auf die Tote passen könnte, liegt ebenfalls keine vor. Genau genommen liegt uns derzeit überhaupt keine Vermisstenmeldung vor.«

»Nun, sie muss ja nicht aus Husum sein, dann weite die Suche eben aus.«

»Ja, Chef, mach ich.« Svenja notiert sich das diensteifrig.

Thomsen richtet seinen Blick nun auf Jasper.

»Was sagen die Zeugen vom Parkplatz? Hat irgendwer irgendwas gesehen?«

»Nee, absolut nicht. Keiner von denen, die dort parkten, hat sich für den alten Kadett interessiert. Bis auf Thorsten Böse natürlich.«

»Thorsten Böse?« Thomsen kratzt sich hinter dem Ohr. »Wer war das noch gleich?«

»Der Hamburger Tourist, der dort mit seinem Hund

langging, jenem Labrador, der vorm Kofferraum des alten Opels stehen blieb und nicht mehr aufhörte zu bellen. Deshalb hat sein Herrchen dann die Polizei gerufen. Und als die sahen, dass die Nummerntafeln fehlten . . .«

»Alles klar«, unterbricht Thomsen. »Wissen wir endlich, wem das Auto gehört?«

»Nee, leider nicht«. Svenja schüttelt bedauernd den Kopf. Ich habe heute früh mit einem Kollegen von der KTU telefoniert, es wurde nicht nur das Kennzeichen entfernt, sondern auch die Fahrgestellnummer abgeschliffen. Das erschwert es enorm, den Besitzer ausfindig zu machen. Sie testen das Fahrzeug jetzt auf Blut und andere Flüssigkeiten und nehmen Fingerabdrücke. Vielleicht wissen wir dann mehr.«

»Hm«, brummt Thomsen. »Wann beginnt die Autopsie?«

»In ‘ner halben Stunde«, antwortet Sophie.

»Na, dann. Bloß keine Zeit verlieren, wir können jeden Hinweis brauchen.«

Sophie erhebt sich gehorsam und schickt sich an Thomsens Büro zu verlassen. Jasper steht ebenfalls auf.

»Und Kollegin Meerkatz . . .« Er stellt sich ihr bewusst in den Weg.

»Ja?«

»Für dich hab ich hier noch etwas Lesestoff.«

Er drückt ihr eine abgegriffene Mappe in die Hand.

»Was ist das?«

»Die Dienstordnung dieser Dienststelle hier. Punkt 17. 3 hab ich gelb markiert. Da steht, wo man seinen fahrbaren Untersatz zu parken hat!«

11

Die sterilen Kellerräume des Klinikums sind ihr schon vertraut, an den Geruch jedoch wird sie sich niemals gewöhnen. Auch Jasper sieht ein wenig verzwickt drein, seit sie den Untersuchungsraum betreten haben.

»Wo ist Dr. Jensen?«, fragt Sophie, als ihr ein junger Mann mit dicker Hornbrille zögerlich die Hand zur Begrüßung entgegenstreckt.

»Äh . . . der macht Urlaub. Ich . . . äh . . . vertrete ihn. Meine Name ist Dr. Gustav Kowalsky.«

»Und Sie sind Pathologe?«, fragt Sophie skeptisch, da der junge Mann auf sie bestenfalls den Eindruck eines Assistenten macht.

»Hm . . . ja . . . doch. Sonst . . . äh . . . dürfte ich die Autopsie nicht vornehmen«, stammelt Dr. Kowalsky.

Die Unsicherheit, die in jedem seiner Worte mitschwingt, gefällt Sophie überhaupt nicht.

»Wollen wir anfangen?« Er sieht sie ratlos an.

»Sicher.«

Die Ermittler stehen in sicherem Abstand zum Tisch und verfolgen jede seiner unsicheren und teilweise auch ein wenig linkisch wirkenden Bewegungen. Die verbale

Beschreibung, die Dr. Kowalsky für das Diktiergerät mitliefert, ist eine Mischung aus Stottern und zögerlichem Murmeln. Die Schreibkraft, die das hinterher abtippen muss, tut Sophie jetzt schon leid.

»Und?«, fragt sie genervt, als sie zu dem Schluss gelangt, dass die Untersuchung beendet ist.

»Ja . . . ähm . . . ich schätze, die Person wurde vierzig bis fünfundvierzig Jahre alt. Sie ist weiblich und mit an Sicherheit grenzender . . . äh . . . Wahrscheinlichkeit erstickt. Ich hab Spuren von . . . äh . . . Chymus in der Lunge und den Atemwegen feststellen können.«

»Chymus?«, unterbricht Sophie.

»Erbrochenes. Außerdem war sie . . . ähm . . . vor ihrem Tod an Hand- und Fußgelenken gefesselt. Das belegen die . . . ähm . . . Einschnitte durch die Schnüre.«

»Sie meinen die Schnüre, die die Polizei selbst vom Opfer heruntergeschnitten hat und die nun kriminaltechnisch untersucht werden?«, meldet sich nun Jasper zu Wort.

Sophie blickt überrascht zu ihm hinüber. Dass er auch eine zynische Seite besitzt, wusste sie noch gar nicht.

Der Arzt ist sichtlich irritiert.

»Äh . . . ja.«

»Und sonst?«, hakt sie nochmals nach. »Können Sie uns vielleicht irgendetwas erzählen, was wir noch nicht wissen? Spannende Vorerkrankungen, Verletzungen, Operationen – irgendetwas, das uns hilft, ihre Identität festzustellen?«

»Nun ja . . . äh . . . sie erlitt kurz vor ihrem Tod einen Schlag auf den Hinterkopf, der sie jedoch . . . ähm . . . nicht getötet hat, und . . . hmm . . . mehrere Schläge ins

Gesicht. Sie hat dabei zwei Zähne verloren. Ansonsten war sie ... ähm ... gesund. Der Blinddarm, die Mandeln, alles noch da.«

»Hatte sie Kinder?«

»Äh ... es gibt keinen Hinweis darauf, dass sie ein Kind geboren hat.«

»Hmm.« Sophie lässt ihre Blicke noch einmal über die Leiche schweifen.

Dr. Kowalsky streift seine Handschuhe ab, rückt seine dicke Hornbrille gerade und streckt den Ermittlern die Hand zum Abschied entgegen.

»Ja ... äh ... wir sind dann fertig.«

»Oh Mann, einen Vortrag sollte der nicht halten«, meint Jasper am Weg hinaus aus den ungastlichen Kellerräumlichkeiten.

»Hattest du auch den Eindruck, dass er mit seinem Job total überfordert war?«

Sophie verdreht die Augen.

»Hatte ich.« Jasper nickt und sieht auf die Uhr. »Ich hab ja nicht viel Erfahrung mit Autopsien, aber dass es diesmal fast doppelt so schnell ging wie bei Dr. Jensen gestern, ist schon auffällig.«

»Richtig. Von gründlich keine Rede.« Sophie seufzt. »Du müsstest mal Dr. Kouskouris bei einer Obduktion erleben. Faszinierend, was der von jedem Zentimeter Haut, Gewebe oder Knochen ablesen kann.«

»Ist das nicht dieser Evando? Der uns letzten Monat bei den angeschwemmten toten Mädchen geholfen hat?«

»Ganz genau.« Sophies Gesichtsausdruck nimmt sehnsuchtsvolle Züge an. »Ich wünschte, er würde uns auch bei diesem Fall unterstützen.«

12

Zurück im Büro werden Sophie und Jasper von einer flüsternden Svenja empfangen.

»Sch . . . seid leise, wenn er euch hört . . . zu spät.«

Thomsens Bürotür schwingt auf und der Hauptkommissar baut sich in voller Größe vor seinen Leuten auf.

»Und? Wissen wir jetzt, wer sie ist?«

»Nö.« Jasper hängt seine Jacke auf seinen Haken.

»Wie *nö*? Irgendwas muss die Autopsie doch gebracht haben.«

»Nö.« Jasper setzt sich an seinen Schreibtisch, zieht eine Lade auf und nimmt eine Geldbörse heraus. »Ich geh mir mal ‘n Fischbrötchen holen. Sonst noch wer Kohldampf?«

Thomsen wendet sich von ihm ab.

»Kollegin Meerkatz! Eine kurze Zusammenfassung, wenn ich bitten darf.«

»Sie bekam einen Schlag auf den Kopf. Vermutlich, um sie zu überwältigen und in den Kofferraum packen zu können. Daran ist sie allerdings nicht gestorben. Sie hat sich erbrochen und ist daran erstickt.«

»Bedauerlich. Wie gehen wir weiter vor? Morgen findet zu diesem Todesfall eine Pressekonferenz statt und wir wissen noch nicht einmal, wer sie ist!«, grummelt Thomsen. »Und mit dem verdammten Auto kommen wir auch keinen Millimeter weiter.«

Er sieht missmutig zu Svenja hinüber, die äußerst diensteifrig den Computer auf ihrem Schreibtisch bedient.

»Erinnerst du dich an den Gerichtsmediziner aus Cuxhaven, der uns bei den Mädchenleichen geholfen hat?«, startet Sophie vorsichtig einen Versuchsballon.

»Der Grieche?«

»Er ist Deutscher, bloß sein Vater war aus . . .«

»Jaja, schon gut. Ich erinnere mich. Was ist mit ihm?«

»Ich denke, er könnte uns helfen. Der Pathologe vorhin war nämlich nicht sehr vertrauenserweckend, eher so von der Sorte Emmermann . . .«

»Mensch, Meerkatz, musst du dich dauernd an dem Aiko festbeißen?«, blafft Thomsen, um kurz darauf doch einzulenken. »Was kann der Grieche uns sagen, was der andere nicht kann?«

»Woher soll ich das wissen? Wenn ich es wüsste, bräuchten wir Evando gar nicht erst . . .«

»Evando, richtig, so hieß der.« Ein süffisantes Grinsen breitet sich auf Thomsens Gesicht aus. »'N extra Budget ham wir aber nicht . . .«

»Ich krieg das schon geregelt«, beeilt sich Sophie zu versichern, bevor ihr Chef es sich noch einmal anders überlegt.

»Hm«, brummt Thomsen abschließend und begibt sich wieder in sein Büro.

Sophie atmet erleichtert auf und greift zu ihrem

privaten Handy. Seit sie sich vor ungefähr einem Monat bei ihrem ersten Fall kennenlernten, sind sie und Evando in Kontakt geblieben. Und die Nachrichten, die sie am Handy hin- und herschickten, sind über die Wochen immer heißer und heißer geworden. Die nun dringend benötigte dienstliche Unterstützung ist ein willkommener Vorwand, ihn endlich wiederzusehen.

>Brauche Expertenmeinung, biete leckere Drinks☺<

Keine zwei Minuten später ist die Antwort da.

>Endlich! Ich warte schon seit Wochen auf so eine SMS! Heute klappts nicht mehr, aber morgen stehe ich voll zu deiner Verfügung. Ganz besonders nach der Arbeit ☺<

Sophie grinst und tippt ihrerseits eine Antwort.

>Das wirst du nicht bereuen!<

»Pst . . .«, macht Svenja und winkt sie zu sich. »Schau mal hier.« Sie legt den Finger an die Lippen und wirft einen vielsagenden Blick auf Thomsens Büro.

Sophie registriert überrascht, dass Svenja eine beliebte Datingseite auf ihrem Bildschirm geöffnet hat.

»Guck mal, die hier!« Sie pikst mit ihrem Zeigefingernagel auf eine etwas üppige junge Blondine, mit freundlichen Augen und einem scheuen Lächeln in ihrem rundlichen Gesicht.

»Du stehst auf Mädchen?«, fragt Sophie verblüfft.

»Quatsch.« Svenja kichert. »Die ist für Jasper. Hab ich doch seiner Mutti versprochen.«

»Oh.« Sophies Augen weiten sich. »Und nach welchen Kriterien suchst du sie aus?«

»Er hat mir gestanden, dass es gern ein bisschen mehr Frau sein darf und ansonsten soll sie einfach nett sein. So wie die da. Ich frag sie jetzt mal, ob ich sie morgen Abend zum Essen einladen darf?«

»Du übernimmst auch die gesamte Korrespondenz?«

»Klar.« Svenja grinst über das ganze Gesicht. »Sonst wird das doch nie was.«

Sophie schüttelt den Kopf. Ob das mal gut geht?

Thomsens Bürotür schwingt neuerlich auf und als er sieht, dass seine beiden Mitarbeiterinnen interessiert auf Svenjas Computerbildschirm starren, kommt er neugierig näher. »Habt ihr was gefunden?«

»Noch nicht«, beeilt sich Sophie mit der Antwort und tritt ihm entgegen. »Aber ich habe eine Zusage von Dr. Kouskouris für morgen. Svenja organisiert gerade die neuerliche Untersuchung.«

»Gut. Und bleibt an diesem Auto dran.«

»Klar, Chef«, zwitschert Svenja. »Wem das gehört, kriegen wir auch noch raus!«

13

Sophie zieht ihre Pumps aus und betritt barfuß den Garten. Sie liebt es, das Gras unter ihren Füßen zu spüren. Es hilft ihr, nach der Arbeit loszulassen. Auch wenn es nicht immer einfach ist. So wie heute.

Sie streichelt Otello über den Kopf und stellt ihm die frisch gefüllte Futterschüssel hin. Obwohl er schon kräftig gewachsen ist und auch schon etliche Stunts auf den Bäumen absolviert hat, ist er noch kein erfolgreicher Jäger. Die Vögel und Wühlmäuse in ihrem Garten stehen noch nicht auf seiner Speisekarte.

Für sich selbst öffnet sie eine Flasche Rotwein und gönnt sich dazu eine Zigarette. Seitdem ihr Versuch, das Rauchen aufzugeben, gescheitert ist, hat sie es zumindest geschafft, es auf den abendlichen Genuss einzuschränken.

Sie macht es sich auf ihrem gepolsterten Gartensessel bequem und greift zum Handy, um ihre beste Freundin anrufen.

»Hi Alex.«

»Hallo meine Liebe, du hast den perfekten Zeitpunkt gewählt. Ich habe mich soeben mit einem Gin Tonic auf meinem Balkon niedergelassen.«

»Das ist gut, weil ich brauche dringend deine Meinung zu meinem Fall!«

»Zu deinem Fall oder zu deinem Liebesleben?«, lacht Alex.

»Vielleicht beides. Wir haben jetzt eine zweite Leiche. Eine Frau, die zum Sterben in einen Kofferraum gepfercht wurde, und wir haben keinen Hinweis auf ihre Identität«, beklagt sich Sophie und schildert anschließend ausführlich die Einzelheiten der Auffindesituation und ihre Eindrücke der Obduktion.

»Warum bittest du Evando nicht, sich das anzusehen?«, fragt Alex und Sophie kann an ihrem Tonfall hören, dass sie schmunzelt.

»Du wirst es nicht glauben, das habe ich schon getan, und er hat mir für morgen zugesagt.«

»Wo liegt dann das Problem?«

»Ich habe Zweifel, was meine Motive betrifft. Wenn ich ehrlich bin, wünsche ich ihn mir aus anderen Gründen her.«

»Ach ja? Da wär ich nie draufgekommen . . .« Alex kichert.

»Aber ist es richtig? Ich meine, kann dieser Kowalsky wirklich etwas Essenzielles übersehen haben, das uns weiterhilft?«

»Also, das unterschreibe ich sofort. Wie du weißt, bin ich auch äußerst erfolgreich in meinem Job und oft sind es die kleinen Dinge, die Anfänger oder Mindermotivierte übersehen. Manche Verletzungen, Vorerkrankungen oder Anomalien geben Aufschluss über Vorlieben oder Tätigkeiten der Opfer, oder bei welchem Arzt jemand in Behandlung war. Ich hatte mal einen Unbekannten mit einem ausgeprägten Tennisarm, da sind wir dann über Hobbyvereine fündig geworden. Es macht auf jeden Fall Sinn, wenn Evando sich deine Leiche noch einmal ansieht.«

»Guuuuut.« Sophie führt zufrieden ihr Rotweinglas an die Lippen. »Dann freu ich mich mal auf morgen.«

»Tu das«, empfiehlt Alex. »Auch Kripobeamtinnen müssen sich ab und zu mal verwöhnen lassen.«

Ein Mensch ohne Träume ist wie ein Boot ohne Segel

Donnerstag

14

Nachdem er den Wecker ausgeschaltet hat, ist Rüdiger Thomsen von völliger Stille umgeben. Eine Stille, die er eigentlich gar nicht gut findet. Er vermisst die Geräusche, die er wahrnimmt, wenn er bei Maike aufwacht. Das Trippeln im Flur, das Geklapper von Geschirr und den Duft von Kaffee, der den frühen Morgen erträglicher macht.

Vielleicht sollte er seine Geliebte mal zu einem schönen Essen ausführen? So richtig zerstritten waren sie ja nicht und eine Einladung zu einem romantischen Dinner würde ihr sicher gefallen. Während er missgelaunt frische Socken zusammensucht, fasst er den Entschluss, für heute Abend einen schönen Tisch in einem ganz besonderen Restaurant zu reservieren.

Zufrieden mit diesem Einfall hievt er sich aus dem Bett und stellt erfreut fest, dass sein Knöchel nicht mehr schmerzt.

Doch im Büro verflüchtigt sich seine aufkeimende gute Laune, sowie er den Großraum betritt. Der knallrote Tretroller lehnt schon wieder neben der Tür an der Wand.

»Verflixt noch mal, Meerkatz!«, brüllt er los. »Warum steht das verdammte Ding nicht im Hof, wo es hingehört?«

»Da kacken mir die Möwen drauf«, mault selbige zurück. »Er stört doch nicht.«

»Mich schon«, entgegnet Thomsen. »Und überhaupt – warum kommst du nicht mit dem Auto zur Arbeit, wie jeder normale Mensch?«

»So 'n Roller ist viel besser für die Umwelt und auch für die Fitness«, argumentiert seine störrische Kollegin beharrlich weiter.

»Und ihr Auto steht in der Werkstatt«, ergänzt Svenja.

»Der gelbe Pick-up, den ihr dein Bruder angedreht hat?« Thomsen verzieht das Gesicht.

»Ja.« Svenjas Wangen verfärben sich rot. »Du weißt, ich hatte dich gewarnt«, flüstert sie Sophie zu.

»Ja, hast du. Aber ich krieg ihn sicher bald repariert.«

»Klar«, brummt Thomsen und schüttelt den Kopf über weibliche Naivität im Zusammenhang mit Reparaturwerkstätten.

»Wo steht er?«

»Bei Kipp & Jansen, an der Hauptstraße Richtung . . .«

»Kenn ich«, brummt Thomsen und wechselt das Thema. »Apropos Fahrzeug. Svenja, weißt du endlich, wem der Opel gehört, in dessen Kofferraum wir Leiche Nummer Zwei gefunden haben?«

»Sorry, Chef ich komm da nicht weiter. Ohne Kennzeichen und Fahrgestellnummer ists echt schwierig. Wenn ich Opel Kadett plus rot eingebe, kommen tausende, selbst wenn ich es auf die möglichen Baujahre eingrenze. Gestohlen sind aktuell auch keine gemeldet.«

»Dann grenz es eben räumlich ein. Beginne in Husum und weite die Suche nach und nach aus, irgendwo müssen wir schließlich beginnen.«

»In Ordnung«, stimmt Svenja ungewohnt kleinlaut zu und macht sich an die Arbeit.

»Und du?« Thomsen sieht Sophie eindringlich an.

»Ich warte auf Jasper, wir begleiten die nochmalige Autopsie der Unbekannten«, erklärt Sophie, als die Eingangstür wie aufs Stichwort aufschwingt.

»Moin Kollegen«, grüßt Kommissar Hinrichs gut gelaunt. »Ich habe gerade mit Marten von der KTU telefoniert. Die Fingerabdrücke aus dem roten Opel sind bereits eingespeist und laufen nun durch alle Datenbanken. Er gibt mir sofort Bescheid, wenn ein Treffer vorliegt.«

»Was zu hoffen bleibt«, grummelt Thomsen und zieht sich in sein Büro zurück.

Dort angekommen lässt er sich in seinen Schreibtischsessel fallen, blättert im örtlichen Branchenverzeichnis und greift zum Telefon.

»Kipp und Jansen«, meldet sich eine heisere Stimme.

»Hier Hauptkommissar Thomsen von der Kripo Husum, ich möchte mal dringend mit dem Chef sprechen.«

15

Der Typ sieht einfach umwerfend aus, denkt Sophie, während sie beobachtet, wie er seine Schutzkleidung überzieht. Sogar der Geruch in diesen todgeweihten Hallen kommt ihr nicht ganz so abstoßend vor, wenn Evando mit seiner Anwesenheit die ortsübliche Tristesse überstrahlt.

Jasper stellt sich vor und gemeinsam verfolgen sie aus sicherer Entfernung die Untersuchung, die sich dieses Mal auf mögliche Auffälligkeiten beschränkt.

»Zahnstatus altersgemäß unauffällig, Haare gebleicht und gefärbt, keine Schönheits-OP im Gesicht . . .«, kommentiert Dr. Kouskouris, während er den Leichnam Zentimeter für Zentimeter betrachtet.

»Alle diese Infos sind neu, helfen uns aber leider nicht weiter.« Sophie verzieht bedauernd die Lippen.

»Aber diese hier sicher. Brust-OP. Hat der Kollege die erwähnt?«

»Nein.«

»Die hat sie schon vor einer Ewigkeit durchführen lassen«, erklärt Evando. »Sieh mal, die Narbe hier ist kaum noch sichtbar.« Er hebt eine Brust an, um die feine

Linie zu präsentieren. »Wenn wir Glück haben, hat sie 'ne Vergrößerung durchführen lassen.«

»Warum wär das ein Glück?«, meldet sich nun Jasper zu Wort.

»Weil . . .«, der Pathologe greift zum Skalpell, vollführt einen gekonnten Schnitt und zieht einen geleeartigen Beutel heraus, » . . . wir nun ein registriertes Medizinprodukt haben. Über dieses Teil finden wir den Arzt, der es eingesetzt hat, und in dessen Kartei müsste die Unbekannte registriert sein.«

»Wow«, macht Jasper und Sophie strahlt.

»Danke, Evando, das bringt uns echt voran.« Sie wirft ihm eine Kusshand zu. Am liebsten hätte sie ihn an Ort und Stelle geküsst. Trotz Jasper und Leiche.

Evando lächelt.

»Immer gern. Ihr könnt gerne schon los und die Info verwerten, ich melde mich dann bei dir, wenn ich fertig bin.« Er zwinkert ihr auf eine Art und Weise zu, die ein wunderbares Kribbeln in ihrem Unterbauch hervorruft.

»Danke.«

Vor der Eingangstür des Klinikums hat Jasper seine Eindrücke so weit verarbeitet, dass er sich mitzuteilen vermag.

»Jetzt weiß ich, was du meinst. Zwischen der Autopsie gestern und der Untersuchung jetzt gerade – das ist ein Kompetenzunterschied wie Tag und Nacht.«

»Ganz genau. Und jetzt lass uns rausfinden, wer dieses arme Opfer ist!«

16

Jasper kann es kaum erwarten, die guten Neuigkeiten im Büro zu verbreiten. Wie ein Kind, das seinen Eltern stolz das Zeugnis präsentiert, streckt er Svenja die aufgeschriebene Registrierungsnummer des Implantats entgegen.

»Was ist das?«

Nachdem Sophie und Jasper eine Weile durcheinander erklären, springt der Funke der Begeisterung auf Svenja über.

»Das ist ja cool.«

Sie setzt sich sofort an den Computer und nach ein paar Klicks reicht sie Sophie eine Notiz mit einer Telefonnummer.

»Das Implantateregister. Da kannst du anrufen!«

»Perfekt. Wo steckt eigentlich unser Boss?«, fragt Sophie, während Jasper sich in Richtung Toilette bewegt.

»Der hat sich in seinem Büro verschanzt. War mir ganz recht.« Mit verschwörerischem Blick wartet Svenja, bis Jasper am stillen Örtchen verschwunden ist, um ihre Kollegin über die neuesten Entwicklungen auf der Online-Singlebörse zu informieren.

»Er hat heute ein Date!«

»Jasper?« Sophie bekommt große Augen.

»Ja, stell dir vor, diese Sabrina ist einverstanden, mit ihm essen zu gehen.«

»Und er weiß es noch nicht?«

»Nee, aber das bring ich ihm schon noch bei. Je später er es erfährt, desto weniger lang ist er aufgeregt. Weil eine Aufregung dieser Art kann er nicht gut ab. Da kriegt er immer ‘n nervösen Magen von.« Sie kichert.

Sophie schüttelt entgeistert den Kopf. Das ist schon irgendwie krass. Aus den Augenwinkeln sieht sie, wie sich die Toilettentür öffnet und ihr Kollege wieder näherkommt. Ein willkommener Grund, um wieder dienstlich zu werden. Sie greift sich Svenjas Telefonhörer und wählt die Nummer der Registrierstelle.

»Implantateregister, Böhm, wie kann ich Ihnen helfen?«, meldet sich eine freundliche weibliche Stimme.

»Oberkommissarin Meerkatz von der Kripo Husum hier. Wir haben eine unbekannte Leiche. Wenn ich richtig informiert bin, können Sie mir über die Nummer des Silikonimplantats den Arzt nennen, der den Eingriff durchgeführt hat.«

»Richtig. Schicken Sie mir ‘ne kurze Mail und Ihre Kontaktdaten, ich meld mich dann gleich bei Ihnen.«

Nur wenige Minuten später erfolgt tatsächlich der erwartete Rückruf und Sophie notiert sich den Namen, den Frau Böhm ihr durchgibt.

Dr. Thilo West.

»Kennt den jemand?«, fragt Sophie in die Runde.

»Nö.«

Svenja füttert den Computer mit diesem Namen und

erhält binnen Sekunden ein Ergebnis.

»Er ist Schönheitschirurg in Flensburg.«

»Telefonnummer?«, fragt Sophie.

Svenja tippt selbige direkt auf ihrem Tischtelefon ein und reicht ihrer Kollegin den Hörer.

»Bitte sehr.«

»NORD-WEST BEAUTY CENTER, was können wir für Sie tun?«, zwitschert das weibliche Wesen am anderen Ende der Leitung.

»Hier spricht Oberkommissarin Meerkatz von der Kripo Husum, ich brauche eine Auskunft.«

»Sehr gerne.«

»Ich brauche den Namen einer Patientin von Dr. West. Wir müssen wissen, wem er ein bestimmtes Brustimplantat eingesetzt hat.«

»Es tut mir sehr leid, aber wir geben am Telefon nur allgemeine Auskünfte über die Leistungen, die wir anbieten. Keinesfalls geben wir sensible Daten über unsere Klienten preis.«

Sophie ärgert sich. Wie jedes Mal, wenn sich ein Gesprächspartner hinter dem Datenschutz versteckt und ihr damit die Ermittlungen erschwert.

»In Ordnung«, knurrt sie. »Dann informieren Sie Ihren Chef, dass wir in einer Stunde da sind und diese Auskunft von ihm persönlich wollen.«

»Das geht leider nicht. Bei uns braucht man einen Termin und heute ist schon alles ausgebucht. Aber ich kann Ihnen gerne . . .«

»Wir wollen keine Nasen-OP«, unterbricht Sophie schroff. »Wir ermitteln in einem Mordfall. Sollen wir denken, dass Ihr Arbeitgeber unsere Ermittlungen behindern will?«

»Nein, natürlich nicht.«

»Dann bis gleich.«

»Super. Das läuft ja«, freut sich Jasper. »Bist du mit dem roten Opel weitergekommen?«, wendet er sich an Svenja.

»Noch nicht. Aber ich bin dran. Der Uli von der IT hat mir das abgenommen. Der schuldet mir noch einen Gefallen.« Als ihr Telefon plötzlich klingelt, grinst sie. »Wenn man von der Sonne spricht . . . Moin Uli! Nee! Kein Scheiß? Echt nicht? Okay, danke.«

Sophie hat Svenja noch nie so perplex gesehen.

»Was ist los?«

Doch bevor ihre Kollegin auch nur Luft holen kann, läutet Jaspers Diensthandy.

»Hallo Marten, was gibts?«

Im Gegensatz zu Svenja verstummt er allerdings nach der Begrüßung und beschränkt sich auf ein ungläubiges Kopfschütteln. Kurz darauf legt er mit einem lapidaren »Danke« wieder auf.

Svenja hat nur darauf gewartet.

»Das glaubt ihr nicht!«, platzt sie heraus. »Es sind mehrere rote Opel Kadett in Husum gemeldet, aber einer davon gehörte Trine Balsters.«

Sophie kräuselt die Stirn. »Das ergibt doch überhaupt keinen Sinn. Was sollte denn die alte Trine mit der Toten im Kofferraum zu tun haben?«

»Tatsache«, bestätigt Jasper mit ausdrucksloser Miene. »Marten, der die Spuren des Fahrzeugs auswertet, hat mir gerade mitgeteilt, dass die Fingerabdrücke in besagtem Opel von einer Trine Balsters stammen.«

17

Hauptkommissar Thomsen brütet über dem Text für die morgige Pressekonferenz, der sich nach wie vor auf eine einzige Zeile beschränkt. Schuld daran sind seine eigenen Gedanken, die ständig in Richtung Abendgestaltung abschweifen.

Den Tisch im feinen Restaurant hat er inzwischen reserviert, nun stellt sich die Frage, wie er Maike die Einladung überbringen soll? Einfach anrufen? Oder einen Blumenboten schicken?

Die lautstarke Diskussion im Großraum nebenan nimmt nun ein Ausmaß an, das ihn anstachelt, dem Auslöser hierfür auf den Grund zugehen.

»Was gibts?«, fragt er seine Mitarbeiter, die an Svenjas Schreibtisch zusammenstehen, und garniert seine Worte mit einem auffordernden Blick.

»Chef, wir haben gerade einen Durchbruch erzielt!«, berichtet Svenja aufgeregt.

»Bloß, dass nun vorne und hinten nichts mehr zusammenpasst«, brummt Jasper.

»Hört mit diesem Herumgeschwafel auf. Meerkatz, du fasst das für mich zusammen.«

»Ich heiße Sophie.«

»Klar.« Thomsen legt noch ein wenig mehr Aufforderung in seinen Blick.

»Der rote Opel Kadett, in dessen Kofferraum wir die unbekannte Leiche fanden, gehört Trine Balsters. Das ist die alte . . .«

»Ich weiß, wer das ist.« Thomsen zieht irritiert die Augenbrauen hoch. »Aber die war doch mit dem Rad unterwegs?«

»Trotzdem kann sie ein Auto besitzen«, erwidert Sophie.

»Richtig. Aber seltsam ist es schon. Ich meine, das ist doch geradezu kurios. Der Mörder schießt frühmorgens eine alte Frau vom Rad und stopft abends eine weitere – deutlich jüngere – in den Kofferraum der Alten. War die eigentlich schon tot, als sie dort hineinkam? Was sagt der Grieche?«

»Sie ist an ihrem Erbrochenen erstickt, Dr. Kouskouris hat das bestätigt.«

»Genau wie der örtliche Pathologe, der gestern Dienst hatte«, feixt Thomsen.

»Ja.«

»Aber wir freuen uns trotzdem über die Zusammenarbeit mit dem gut aussehenden Kollegen aus Cuxhaven, nicht wahr?« Das Grinsen von Ohr zu Ohr kann er sich nicht verkneifen und stellt mit Freude fest, wie die Wangen der Meerkatz sich rot färben.

»Ja, weil wir nun in Kürze wissen, wer das Opfer ist«, gibt sie ein wenig patzig zurück.

»Das ist allerdings eine erfreuliche Entwicklung«, gibt er großzügig zu, nachdem er über die Einzelheiten informiert worden ist. »Dann mal los, ihr beiden, macht ‘nen netten Trip nach Flensburg«, fordert er seine beiden Kolleginnen auf.

»Und du mein Freund«, seine schwere Pranke landet auf Jaspers Schulter, »hilfst mir mal mit dem Pressetext.«

18

Svenja lacht immer noch über Jaspers betroffenes Gesicht, als sie bereits wieder hinter dem Steuer des Dienstwagens sitzt.

»Der Arme, wie der geguckt hat, als der Rüde ihn zum Textverfassen verdonnert hat! Als ob sich das ganze Universum gegen ihn verschworen hätte!«

Sophie lacht ebenfalls. »Ich freu mich auf die Fahrt. Ich war noch nie in Flensburg.«

»Einmal ist immer das erste Mal«, blödelt Svenja. »Auf der Strecke kenn ich ein nettes Restaurant für 'n kleinen Imbiss. Weil ich hab echt schon Mega-Kohldampf.«

Das NORD-WEST BEAUTY CENTER liegt an der Stadteinfahrt von Flensburg, sodass Sophie um die Stadtbesichtigung vom Beifahrersitz aus, auf die sie sich schon gefreut hat, gebracht wird.

»Das ist echt 'n Pech«, meint Svenja. »Da kommste das erste Mal her und siehste bloß den Kasten hier.«

Die Beauty-Klinik ist ein Neubau, eine moderne Mischung aus strahlendem Weiß und Glas, mit reichlich Kundenparkplätzen vor dem Eingang.

Auf einem reservierten Parkplatz mit der Aufschrift *Dr. Thilo West* steht ein nagelneuer Porsche.

»Was für ein Klischee«, stöhnt Sophie.

Die Empfangsdame in der luxuriösen Praxis begrüßt sie mit unterkühlter Höflichkeit. Sie kringelt ihre gestylten blonden Locken mit ihren fein manikürten Fingernägeln, während sie die Ermittlerinnen in einen Konferenzraum führt.

»Wenn Sie sich noch einen Moment gedulden wollen, Dr. West wird gleich bei Ihnen sein.«

Sophie nickt und betrachtet die modernen Gemälde, die an den Wänden hängen und allesamt teuer wirken.

»Moin Moin«, ertönt es kurz darauf in einem kräftigen Bass und ein großer schlanker Mann um die fünfzig, gekleidet in einen schneeweißen Ärztekittel, betritt den Raum.

»Dr. West, mein Name. Freut mich sehr, Ihnen behilflich sein zu dürfen. So gut aussehende Polizistinnen sieht man nicht alle Tage!«, flirtet er gut gelaunt und streckt seine Hand zur Begrüßung aus.

Nachdem sie am Besprechungstisch Platz genommen haben, schiebt Sophie das Blatt, auf dem die Registrierungsnummer des Implantats notiert ist, zu ihm hinüber.

»Ich hoffe sehr, Sie können uns sagen, welcher Ihrer Patientinnen Sie diese Silikonfüllung eingesetzt haben.«

Der Arzt streicht mit einer gekonnten Bewegung eine Haarsträhne aus seinem Gesicht und runzelt die Brauen.

»Wissen Sie, wir unterliegen der ärztlichen Schweigepflicht, deshalb muss ich Sie fragen, weshalb Sie diese Information benötigen?«

»Die Frau ist gewaltsam zu Tode gekommen, und wir haben keine Ahnung, wer sie ist.«

Dr. West nickt nun betroffen. »Alles klar. In diesem Fall sehe ich Ihnen sofort nach. Bitte warten Sie kurz hier.«

»Danke.«

Es dauert tatsächlich keine fünf Minuten, bis er wiederkommt. Er hält nun einen dünnen Aktenordner aus Karton in der Hand, den er öffnet, sobald er wieder Platz genommen hat.

»Die Patientin heißt Kaja Granditz. Sie war nur für eine einzige Behandlung bei mir. Und zwar für eine Brustvergrößerung. Das war vor fünfzehn Jahren, da war sie neunundzwanzig, also ist sie nun . . . ich meine, sie wurde wohl vierundvierzig. Sie war verheiratet und ihr Mann hatte sie zum Vorgespräch und zum Eingriff begleitet.«

»Das haben Sie alles dokumentiert?«

»Sicher. Wir sind da sehr gründlich. Eine Patientin, die Veränderungen an ihrem Körper durchführen lässt, braucht starken familiären Rückhalt, aber wir wollen in den Gesprächen auch sicherstellen, dass sie nicht von ihrem Partner zu einer medizinischen Maßnahme gedrängt wird.«

»Verstehe«, sagt Sophie. »Welche Daten haben Sie noch erhoben, die Adresse vielleicht?«

»Selbstverständlich. Immerhin schicken wir dorthin die Rechnung.« Er lächelt über seinen eigenen Witz und blättert die dünne Akte weiter durch. »Als Beruf hat sie Lehrerin angegeben, bei welcher Schule sie tätig war, wurde jedoch nicht notiert.«

Svenja, die Dr. West am nächsten sitzt, wirft einen Blick in die Unterlagen.

»Wow! Die Frau sah richtig gut aus!« Sie nimmt ein Foto heraus und hält es so, dass Sophie es ebenfalls sehen kann.

»Ich lasse Ihnen die Akte von meiner Assistentin kopieren, wenn Sie wollen«, bietet der Arzt sofort an.

»Ja bitte, das nehmen wir gerne an.«

Dr. West nickt. »In diesem Fall darf ich Sie noch einmal um ein paar Minuten Geduld bitten. Denise wird Ihnen die Papiere gleich bringen. Ihr Einverständnis vorausgesetzt, werde ich mich jetzt schon von Ihnen verabschieden, denn die nächste Patientin wartet bereits.«

»Danke vielmals.«

Während sie auf die Kopie der medizinischen Akte warten, stellt sich Sophie ans Fenster und sieht auf die Straße hinunter.

Kaja Granditz. Die Unbekannte hat endlich einen Namen und ein Gesicht.

19

»Was ist dein Eindruck?«, fragt Svenja, als sie wieder im Auto sitzen.

»Von der Toten oder von diesem Dr. West?«, hakt Sophie nach.

»Von dem West. Der Typ ist mir echt nicht schnuppe! Mit seiner Föhnfrisur sieht der doch voll aus wie ein Klon von Prinz Charming.«

»Kenn ich nicht.« Sophie verzieht die Lippen zu einem Entenschnabel.

»Aus Shrek.«

»Hab ich nicht gesehen.«

»Ach. Egal, der Typ ist jedenfalls ein Knaller! Ob der bei seinen Dates auch so spricht? Ihr Einverständnis vorausgesetzt, werde ich mich jetzt entkleiden . . .«

Sie lacht aus vollem Herzen und reißt Sophie mit.

* * *

Rüdiger Thomsen ist unglücklich über seine Entscheidung, Jasper in die Verfassung des Textes mit einzubeziehen. Nicht nur, dass dem Jüngeren nichts einfällt, bringt er auch noch Argumente gegen seine eigenen Vorschläge.

Um zu verhindern, dass ihm die Situation auf den Magen schlägt, bricht er das Unterfangen nach einer frustrierend langen halben Stunde ab und gönnt sich stattdessen ein ausgiebiges Mittagsmenü im Hotel Anker, samt dazu passendem Pils.

Am Rückweg macht er noch einen Abstecher in den Blumenladen, um dafür zu sorgen, dass Maike die Essenseinladung mit einem Strauß Rosen zugestellt wird.

Als er nun zur Dienststelle zurückkehrt, stellt er erfreut fest, dass seine Kolleginnen bereits wieder da sind.

»Ich hoffe doch, ihr habt Neuigkeiten«, sagt er zur Begrüßung und macht eine einladende Handbewegung in sein Büro.

»Und ob!« Die Meerkatz strahlt ihn mit ihren haselnussbraunen Augen an, während sie ihre widerspenstigen Locken hinter die Ohren klemmt.

Am Besprechungstisch überreicht sie jedem eine Kopie der Akte und Svenja beginnt die Zusammenhänge auf dem Flipchart darzustellen.

»Unsere Unbekannte heißt Kaja Granditz, sie wurde vierundvierzig Jahre alt, bevor sie im Kofferraum von Trine Balsters altem Opel Kadett starb. Und zwar am gleichen Tag, an dem jemand der alten Trine auf ihrem Rad einen Kopfschuss verpasste«, fasst sie zusammen und zieht die entsprechenden Striche zwischen den Bildern auf dem Flipchart.

»Wir wissen gar nicht, ob die alte Trine noch auf ihrem Rad saß, als sie erschossen wurde. Sie könnte genauso gut vorher abgestiegen sein«, hält Jasper dagegen.

»Es muss auch nicht ihr Rad gewesen sein«, baut Thomsen den Einwand weiter aus.

»Wem soll es denn sonst gehören?«, hakt Svenja nach.

»Keine Ahnung, aber sicher wissen wir es nicht«, bleibt er stur.

»Das stimmt«, erkennt Sophie an. »Wir werden noch mal mit der Nachbarin sprechen. Von dem alten Opel hatte die uns auch nichts erzählt.«

»Richtig«, brummt Thomsen zustimmend. »Da gehört noch mal tüchtig nachgehakt. Ich werde in der Zwischenzeit den Ehemann von Kaja Granditz informieren und mit einer ersten Befragung beginnen. Jasper, du kommst mit mir.«

20

Frauke Dijkstra öffnet bereits neugierig die Haustür, als Sophie den Dienstwagen parkt. Die weiße Bluse mit den pinkfarbenen Tupfen, die sie heute trägt, spannt kräftig über ihrer Oberweite.

»Moin Moin. Gibts schon was Neues?«

»Ja, doch«, antwortet Sophie trocken. »Die Frau Balsters hatte ein Auto.«

»Weiß ich. So ‘n alten Opel, aber das ist doch nicht neu. Mit dem ist sie doch schon seit Ewigkeiten rumgekurvt. Das Autofahren war ja ihre Leidenschaft. Sie hat immer gesagt, so alt kann sie gar nicht werden, dass sie das bleiben lässt.«

»Ach. Davon haben Sie aber bei unserem letzten Besuch nichts erwähnt.«

»Nicht? Wahrscheinlich haben Sie mich nicht danach gefragt.«

Sophie verdreht in Gedanken die Augen bis zum Himmel. Als ob man bei einer Achtzigjährigen routinemäßig nach einem Auto fragt. »Wie ist das nun mit dem Fahrrad?«

»Was für ‘n Fahrrad?«

»So ‘n weißes Damenfahrrad.« Sophie zieht ihr Handy aus der Tasche, um ein Foto von selbigem herzuzeigen.

»Das kenn ich nicht.«

»Können Sie mit Sicherheit ausschließen, dass dieses Fahrrad Trine Balsters gehört hat?«

»Oh ja, das kann ich. Sie konnte die Dinger nicht leiden. Hat immer gesagt, sie wär doch nicht blöd, dass sie sich auf so ‘nem Wackelgestell von ‘nem Auto übern Haufen fahren lässt.«

»Hm.« Sophie steckt ihr Handy wieder weg. »Dann wäre es möglich, dass die Frau Balsters ganz zeitig in der Früh mit dem Auto losgefahren ist?«

»Klar wäre das möglich. Hat sie öfter gemacht. Sie ist immer wieder mal irgendwohin gefahren mit dem Ding. Einfach nur die Küste rauf und runter, oder zu den Läden, die ihre Basteleien verkauften.«

»Wann haben Sie den Opel zum letzten Mal gesehen?«

»Keine Ahnung, da hab ich nicht drauf geachtet.«

»Denken Sie nach, bitte. Wo hat die Frau Balsters immer geparkt?«

»Hier.« Frauke Dijkstra deutet mit ihrem speckigen Zeigefinger auf eine Stelle genau vorm Haus. »Viel Platz hatte sie zwar nicht, aber wie Sie sehen, endet die Straße hier. Deshalb muss da keiner vorbei.«

»Bitte versuchen Sie, sich ganz genau zu erinnern.« Sophie sieht ihre Zeugin nun eindringlich an. »War das Auto am Montagabend noch da?«

»Ich denke schon. Es ist ja immer hier. Da wäre es mir eher aufgefallen, wenn es weg gewesen wäre. Doch, jetzt weiß ich es wieder. Der Opel stand abends ganz sicher noch hier. Meine Enkelin war zu Besuch und ist wegen einer Katze druntergekrochen. In ihrem neuen Kleid. Das musste ich nachher in die Waschmaschine stecken!«

»Danke, Frau Dijkstra. Eine letzte Frage noch: Kennen Sie eine Kaja Granditz? Hat Ihre Nachbarin diesen Namen mal erwähnt?«

»Nee. Nie gehört. Wer soll das sein?«

Auf dem Rückweg macht Sophie ihrem Unmut Luft.

»Von dem Auto hätte sie uns wirklich schon früher erzählen können!«

»Zeugen!«, schimpft nun auch Svenja und schüttelt den Kopf. Dann fällt ihr plötzlich etwas ein, dass sie zum Schmunzeln bringt. »Kannst du auf dem Weg ins Büro bitte am Blumenladen halten?«

* * *

Rüdiger Thomsen und Jasper Hinrichs stehen vor einer beeindruckenden Villa am Husumer Stadtrand in der Nähe des Golfplatzes.

Der Vorgarten ist üppig mit exotischen Pflanzen dekoriert, ein breiter gepflasterter Weg führt zu einer eleganten Eingangstür.

»Nicht schlecht«, brummt Thomsen. »Von ‘nem Lehrergehalt geht sich das nicht aus.«

»Lehrerinnengehalt«, korrigiert Jasper.

»Was?«

»Sie ist ‘ne Lehrerin.«

Thomsen schüttelt über seinen jüngeren Kollegen den

Kopf und stapft voran auf die Eingangstür zu.

Er läutet, doch niemand meldet sich. Nachdem er die Klingel fünfmal gedrückt hat, gibt er auf. »Haben wir eine Telefonnummer?«

»Klar, Chef. Ich hab alles vorbereitet. Der Ehemann heißt Ole Granditz, und seine Nummer habe ich hier.« Dienstbeflissen hält Jasper dem Hauptkommissar das Diensthandy hin.

Thomsen klickt auf *wählen* und wartet. Doch es hebt niemand ab. Nach dem zehnten Klingeln springt die Mobilbox an.

Hier Ole Granditz, hinterlassen Sie mir bitte eine Nachricht nach dem Signalton.

Frustriert legt er wieder auf.

»Und was jetzt?«, fragt Jasper.

»Hm. Viele Ehemänner sind tagsüber nicht zu Hause. Vielleicht ist er geschäftlich unterwegs?«

»Oder auf der Flucht?«, rät Jasper.

»Wieso das denn?«

»Nun, der eigene Mann ist oft der Täter.«

»Stimmt auch wieder.« Thomsen kratzt sich am Hinterkopf. Soll er auf Gefahr im Verzug setzen und die edle Bude noch heute Nacht auseinandernehmen, oder es ein wenig gemütlicher angehen? Er entscheidet sich für Letzteres. »Wir kommen morgen früh noch mal her. Wenn wir ihn dann nicht antreffen, besorgen wir uns ‘nen Durchsuchungsbeschluss.«

* * *

Thomsen stößt die Eingangstür zum Großraum der Kripo mit so viel Elan auf, dass der rote Roller, der dahinter lehnt, kippt und zu Boden rutscht.

»Jetzt reicht es aber mit dem Scheißding. Los Jasper, reiß das Fenster auf, jetzt fliegt er raus!«

»Chef!«, ruft Jasper entsetzt und rührt sich nicht von der Stelle.

»Schon gut«, knurrt Thomsen, »aber stell ihn irgendwohin, wo ich ihn nicht mehr sehen muss, bevor ich mich vergesse!«

»Okay.« Kurzentschlossen packt Jasper das Hassobjekt seines Vorgesetzten in den großen Geräteschrank an der gegenüberliegenden Wand.

Thomsen sieht auf die Uhr. »Frag mal nach, wann deine Kolleginnen kommen, dann besprechen wir noch das Nötigste. Heute möchte ich nicht zu spät hier wegkommen!«

»Klar, Chef. Wir kommen gleich zu dir hinüber, sowie sie zurück sind.«

Thomsen nickt grummelnd und zieht sich in sein Büro zurück.

21

Svenja stellt eine frische Kanne Kaffee auf den Besprechungstisch.

»Und ich hab den Reiseführern geglaubt, dass im Norden alle Tee trinken«, lästert Sophie.

»Stimmt auch«, sagt Jasper ernsthaft, »nur nicht in unserer Abteilung. Meine Mutti zum Beispiel trinkt nur Tee.«

»Schön, dass wir das jetzt auch wissen«, kommentiert Thomsen bissig. »Ich für meinen Teil bin aber mehr an den Ergebnissen interessiert.«

»Klar, Chef. Der Ehemann von unserem zweiten Mordopfer, Ole Granditz, wurde zu Hause nicht angetroffen. Er scheint vermögend zu sein und ist derzeit unbekannten Aufenthalts.«

»Das weiß ich, da war ich dabei«, knurrt Thomsen und richtet seinen Blick auf seine weiblichen Teammitglieder. »Meerkatz, du berichtest. Was habt ihr rausgefunden?«

Doch Svenja ist schneller.

»Das weiße Damenfahrrad, das wir am Tatort gefunden haben, gehört nicht der alten Trine. Laut ihrer Nachbarin hat sie Fahrräder gehasst, aber ihren Opel gerne gefahren. Am Abend vor ihrem Tod stand er noch vor ihrem Haus.«

Sophie zuckt die Schultern. »Dem hab ich nichts hinzuzufügen.«

»Hmm . . .«, brummt Thomsen. »Todeszeitpunkt von Trine Balsters war Dienstag zwischen sechs und sieben Uhr früh. Der von Kaja Granditz ungefähr zehn Uhr abends. Beide Frauen wurden nicht missbraucht, der Täter muss ein anderes Motiv gehabt haben. Welche Gemeinsamkeiten haben die beiden?«

»Gar keine«, sagt Sophie bestimmt. »Sie stammten aus unterschiedlichen Generationen, hatten unterschiedliche Berufe, gehörten unterschiedlichen Einkommensschichten an und hatten auch nicht den gleichen Familienstand.«

»Aber sie waren beide von hier, also aus Husum und Umgebung und sie waren beide eitel«, fügt Jasper hinzu.

»Das trifft vermutlich auf 99,9 Prozent der Husumer Frauen zu«, stöhnt Thomsen.

»Außerdem deutet nichts darauf hin, dass Trine Balsters eitel war. Der Spiegel in ihrem Bad war beinahe blind«, wendet Svenja ein.

»Aber sie trug eine Perücke. Also war es ihr wichtig, wie sie von anderen gesehen wurde«, beharrt ihr Kollege.

»Ob sie nun eitel war oder nicht, bringt uns jetzt auch nicht weiter«, brummt Thomsen. »Hat jemand ‘ne Theorie?«

»Vielleicht ‘n Einbrecher?«, wagt sich Jasper neuerlich aus der Deckung.

»‘N Einbrecher?« Nun starrt ihn sein Vorgesetzter irritiert an.

»Könnte doch sein. Der bricht bei der alten Trine ein,

weil er Geld will. Vielleicht hat er Sparbücher gefunden, und zwingt sein betagtes Opfer mit ihm zur Bank zu fahren. Aber am Weg wird sie zickig und er erschießt sie.«

Sophie und Svenja schauen gleichermaßen skeptisch drein.

»Also, ich finde das nicht ganz unrealistisch«, gesteht Thomsen seinem Kollegen zu. »Ich meine, dass ‘ne Alte während ‘ner Autofahrt rumzickt, ist doch ziemlich aus dem Leben gegriffen.« Er grinst und schlägt dem Jüngeren auf die Schultern.

Sophie verdreht die Augen bis zur Decke.

»Wenn ich deine Mimik richtig interpretiere, Meerkatz, bist du anderer Meinung.«

»Stimmt. Ich glaube, dass es anders abgelaufen ist.«

»Und wie?«

Sophie zieht die Schultern hoch. »Keine Ahnung.«

»Und du?« Thomsen sieht nun seine jüngste Mitarbeiterin eindringlich an. »Hast du ‘ne Meinung?«

»Nee. Ich hab bei dem Fall null Durchblick«, antwortet Svenja. »Ich glaube, wir brauchen noch viel mehr Informationen.«

»Nun, was das betrifft sind wir uns wohl alle einig. Deshalb hab ich für morgen auch ein straffes Programm erstellt.«

Er fischt einen Notizzettel von seinem Schreibtisch und fängt an vorzulesen.

»Meerkatz, du bleibst an Kaja Granditz dran. Ich will alles über sie wissen. Wo sie gearbeitet hat, was ihre Kollegen über sie sagen, oder ob sie ’ne Affäre hatte, einfach alles. Svenja, du unterstützt. Und wir beide«, sein Blick ruht nun auf Jasper, »treiben gleich nach dieser verdammten Pressekonferenz morgen früh den abgängigen Ehemann auf – ansonsten zerlegen wir ihm sein Luxus-Domizil!«

***

Thomsen hat sich nach seiner flammenden Rede mit einem gekonnten Abgang aus dem Staub gemacht.

Jasper glotzt ihm mit halb offenem Mund hinterher. Sogar noch, als die Tür hinter seinem Chef bereits wieder zugefallen ist.

»Der hat manchmal eine Energie . . .«

»Du sagst es.« Svenja zwirbelt eine blonde Haarsträhne um einen ihrer Finger. »Aber für heute ist Feierabend.«

»'N Glück.« Auf Jaspers Gesicht breitet sich ein Lächeln aus. »Ich hab schon ordentlich Kohldampf.«

»Das ist auch gut so.« Svenja lächelt nun ebenfalls. Allerdings ein wenig hinterlistig. »Weil du gehst heute fein essen.«

»Fein essen? Da hab ich doch gar nichts zum Anziehen für.«

»Liegt alles schon bereit.« Svenja geleitet ihn in den Großraum, wo sich auf ihrem Schreibtisch ein paar nagelneue Kartons stapeln.

Sophie folgt den beiden amüsiert.

»Was ist das?« Jasper hebt zögerlich den ersten Deckel an.

»'Ne moderne Jeans. Und angesagte Sneakers. Und 'n klasse Hemd.«

»Nee, lass mal. Für wen soll ich mich denn so rausputzen?«

»Für dein Date natürlich«, kichert Svenja. »Dachtest du, ich schicke dich allein essen?«

»Mein was?« Vor Schreck weicht sämtliche Farbe aus Jaspers Gesicht.

Nun präsentiert Svenja ein gelungenes Portrait der Auserwählten, das sie vom Computer ausgedruckt hat.

»Darf ich vorstellen: Sabrina. Süße dreiundzwanzig und ebenfalls scheu. Gefällt sie dir?«

Jasper beäugt sie nun neugierig.

»Na ja, schon.« Er lächelt verlegen, während das Blut mit aller Macht in seinen Kopf zurückschießt.

Mit glühend rotem Schädel und ratlosem Blick steht er nun neben Svenja. »Ich weiß doch nicht, worüber ich mit einer Frau reden soll.«

»Mit mir redest du doch auch.« Svenja lacht. »Über alles. Und zur Sicherheit hab ich dir noch 'ne Liste erstellt.«

»Wenn ich auch was beitragen darf«, bringt sich nun Sophie ein, »es kommt immer gut an, wenn du sie in den Mittelpunkt stellst. Frag sie nach *ihrer* Meinung und interessier dich für *ihr* Leben.«

»Ach ja, und erzähl ihr auf gar keinen Fall, dass sie die gesamte Zeit bisher mit mir gechattet hat!«, ergänzt Svenja.

Jasper grinst. »Ich mag im Umgang mit Mädchen nicht besonders talentiert sein, aber ich bin kein kompletter Dösbaddel!«

22

Nachdem Jasper noch mit weiteren guten Ratschlägen und einem ansehnlichen Blumenstrauß ausgestattet worden ist, verlässt er aufgeregt und ein wenig ängstlich die Polizeiinspektion.

»Wenn er bloß nicht sein ganzes Hemd durchschwitzt, bevor er überhaupt dort ist«, stöhnt Svenja, als sie ihm hinterherblickt.

Sophie streckt ihre Daumen hoch. »Du hast dein Möglichstes getan.«

»Ja.« Svenja nickt und bläst sich erschöpft eine blonde Strähne aus dem Gesicht. »Ich fahr jetzt heim zu meinem Freund. Den heutigen Bericht schreib ich morgen früh, okay?«

»Okay«, stimmt Sophie zu. »Ich bleib auch nicht mehr lang. Notiere mir bloß noch ein paar Dinge für morgen und dann ab unter die Dusche!«

»Ja, das ist immer das Schönste nach der Arbeit.«

Nachdem auch Svenja gegangen ist, zieht Sophie sich in ihr Büro zurück und beginnt alle jene Fragen aufzuschreiben, die ihr schon den ganzen Tag im Kopf rumschwirren.

Warum die Trine Balsters? Zufall, oder ausgewählt? Wenn ausgewählt, weswegen? Warum sie? Was hatte der Täter gegen sie oder was wollte er von ihr? Gab es irgendeine Art von Beziehung zwischen den beiden in der Vergangenheit?

Als plötzlich ein Schatten auf ihren Schreibblock fällt, zuckt sie zusammen.

»Für eine Polizistin bist du ausgesprochen schreckhaft«, lacht der große dunkelhaarige Mann, der plötzlich mitten in ihrem Zimmer steht.

»Evando! Was machst du hier?«

»Dich abholen! Oder denkst du, ich lass dich entwischen!«

»Aber ich muss unbedingt vor unserem Essen noch nach Hause und mich frisch machen!«

Er küsst sie. »Du bist perfekt, so wie du bist.«

»Danke, aber die Dusche wirst du mir nicht ausreden.«

»Nun, in diesem Fall werde ich dich nach Hause chauffieren.«

* * *

Frisch geduscht ist gleich ein anderes Lebensgefühl. Eingewickelt in ein großes Badetuch beobachtet sie ihren attraktiven Gast, wie er entspannt in einem Gartenstuhl sitzend auf sie wartet. Otello hat es sich bereits auf seinem Schoß bequem gemacht und genießt die Streicheleinheiten.

Barfuß geht sie zu den beiden hinaus. Evando

verschlingt sie mit seinen Blicken.

»Was mich betrifft, können wir das Restaurant gern sausen lassen. Ziehen wir uns mit einer guten Flasche Wein gleich ins Bett zurück.«

»Das könnte dir so passen! Mein Magen knurrt schon seit Stunden. Ich wollte dir nur sagen, dass ich in zwanzig Minuten ausgehfertig bin.«

»Kein Problem. Wie du siehst, bin ich in bester Gesellschaft.«

Er zwinkert ihr zu und krault den Kater, der sich nun entspannt auf den Rücken rollt und sein kleines weißes Bäuchlein präsentiert.

»Du siehst atemberaubend aus!«, schwärmt Evando, als sie ihm mit frisch gemachten Haaren in einem luftigen ockerfarbenen Sommerkleid gegenübersteht. »Diese Farbe passt perfekt zu deinen Haaren und zu deinen Augen. Ich werde heute Abend der mit Abstand am meisten beneidete Mann sein.«

»Du Charmeur! Wo gehen wir eigentlich hin?«

»Das ist eine Überraschung! Glaub mir, du wirst es lieben!«

Hätte ihm jemand gesagt, wie sehr er sich irrte und dass seine Lokalwahl sich als totaler Reinfall herausstellen würde – er hätte es nicht geglaubt.

Was kann schon schiefgehen, wenn man einen schönen Tisch in einem Schiffsrestaurant bucht, das mitten im pittoresken Hafen Husums liegt und mit einer ausgezeichneten Küche aufwarten kann?

Bis zum Eingang des Restaurants lief noch alles perfekt, doch als sie von einer freundlichen Angestellten zu ihrem romantisch gedeckten Tisch gebracht werden, muss er mitansehen, wie Sophies Kinnlade trotz der herrlichen Aussicht um einige Zentimeter absackt. Mit zusammengezogenen Brauen grüßt sie ihren Vorgesetzten, der leider – ausgerechnet am Nebentisch – mit seiner Begleitung schmaust.

Nachdem sich alle gegenseitig bekanntgemacht haben, versiegt die Unterhaltung an beiden Tischen.

Evando flucht innerlich. Dieser bärbeißige Hauptkommissar und die üppige Blondine an seiner Seite können wenigstens so tun, als ob sie ihr Essen genießen, wohingegen sie noch nicht einmal bestellt haben.

Sophies angesäuerter Blick ist nicht das, was er sich für diesen Abend erhofft hat.

»Ich weiß nicht, worüber wir uns unterhalten sollen«, flüstert sie. »Er kann jedes Wort mithören.«

»Verstehe. Ich gebe zu, das ist schrecklich. Komm, wir gehen erst mal an die Bar und nehmen einen Drink.«

»Ja.« Erleichtert, ihrem Platz nur einem Meter neben Thomsens zu entkommen, geht sie voran.

»Was möchtest du trinken?«

»Was Starkes. Entweder ich lass mich hier vollaufen, bis mir alles egal ist, oder wir wechseln das Lokal.«

»Am besten beides.« Evando grinst und bestellt zwei Caipirinhas. »Die gönnen wir uns und danach machen wir die Fliege!«

23

Als er Maike mit einem Strauß Rosen von ihrem Friseurladen abholte, hatte er sich den Abend noch völlig anders ausgemalt.

Mit strahlendem Lächeln nahm sie die Blumen entgegen, und mit einem ebensolchen stieg sie zu ihm ins Auto.

Er konnte es kaum erwarten, ihre leuchtenden Augen zu sehen, wenn er sie an seinem Arm die Reling der MS Nordertor, dem romantischen Schiffsrestaurant mitten im malerischen Hafen, entlangführen würde. Und tatsächlich strahlten ihre Augen vor Glück, als sie sich dem fein gedeckten Tisch mit Blick aufs Wasser näherten.

In der Annahme, das Richtige getan zu haben, bestellte er frisch gegrillten Fisch und den besten Wein von der Karte. Und sparte auch nicht mit Komplimenten.

Trotzdem ließ Maikes Begeisterung mehr und mehr nach, je länger das Essen dauerte. Und auch die Unterhaltung wurde zunehmend schwieriger. Sie fing wieder mit dem unliebsamen Thema *Zusammenziehen* an, obwohl sie doch mittlerweile geschnallt haben müsste, dass er davon nichts hören wollte. Und das, nachdem er sich so für sie ins Zeug gelegt hatte.

Als dann auch noch der Rotschopf auftauchte, näherte sich seine Stimmung dem Nullpunkt. Die Meerkatz ist im Büro schon eine Plage, aber wenn sie ihm bei seinen romantischen Anstrengungen quasi auf dem Schoß sitzt, verhagelt ihm das restlos die Laune.

Seit einigen Minuten tut er so, als ob er sein Essen schweigend genießen würde, bis der Grieche, der ihm endlich vorgestellt wurde, die tolle Idee hat, sie an die Bar zu locken.

Doch der Schaden ist angerichtet.

Obwohl sie nun wieder in trauter Zweisamkeit ihr Dessert genießen, sieht Maike alles andere als glücklich drein. Ganz im Gegenteil. Er kommt nicht umhin zu bemerken, wie sich in ihren Augenwinkeln Tränen sammeln.

Alles, nur das nicht. Er versucht es mit neuerlichen Komplimenten und mit dem köstlichen Wein, den er großzügig nachschenkt.

Doch egal wie sehr er sich bemüht, es will keine erotische Stimmung aufkommen. Stattdessen kullert die erste Träne, kaum dass sie die Dessertgabel weggelegt hat.

»Mensch Maike, was ist denn mit dir los?«

»Das fragst du?«

»Ja sicher, wie soll ich es sonst rausfinden?«

»Du bist so gefühllos!« Sie wischt sich über die Augen.

Thomsen schnappt nach Luft. »Das ist nun wirklich ungerecht.«

»Ich bin so enttäuscht.« Nun schluchzt sie heftig und er sieht sich peinlich berührt um. Die Gäste in der Nähe sehen bereits her. Erleichtert registriert er, dass zumindest die Meerkatz samt ihrem Leichendoktor wieder gegangen ist. Auf diese Art von Bürotratsch kann er nämlich gerne verzichten.

»Ach Maike, wollen wir nicht zu dir fahren und ein genüssliches Gläschen auf der Couch kippen?«

»Damit du deinen Kopf wieder zwischen meine Brüste stecken kannst?«

»Ja, genau«, nickt Thomsen. Endlich entwickelt sich das Gespräch in die richtige Richtung. »Da steh ich nämlich voll drauf.«

Doch Maikes Reaktion überrascht ihn erneut.

»Wenn das alles ist, wozu ich deiner Meinung nach tauge, dann such dir eine andere. Ich blöde Kuh dachte, du liebst mich und machst mir 'n Heiratsantrag, so wie du dich für diesen Abend in Schale geworfen hast. Dabei wolltest du lediglich für ein gutes Essen bezahlen, um anschließend Sex zu haben.«

»Und was ist daran verwerflich? Du erklärst mir doch jedes Mal, wie sehr du die Schäferstündchen mit mir genießt.«

Als Antwort springt Maike so heftig auf, dass ihr Stuhl nach hinten umkippt, und stürmt mit trotzigem Gesichtsausdruck aus dem Restaurant.

24

Kaum haben sie die MS Nordertor verlassen, kehrt Sophies gute Laune auf einen Schlag zurück.

»Voll schade um das schöne Restaurant, aber bei dieser Gesellschaft würde ich 'n Fischbrötchen in 'nem Strandkorb vorziehen.«

Sie lachen und küssen sich leidenschaftlich noch bevor sie bei Evandos Auto angelangt sind.

»Versuchen wir unser Glück anderswo oder fahren wir zu dir und lassen uns etwas liefern?«

»Das machen wir!« Sophie strahlt. »Es gibt da einen Koreaner, der macht ganz köstliche . . .«

»Egal was«, unterbricht Evando und drängt sie ins Auto. »Wir bestellen, was immer du magst.«

»Aber vorher müssen wir noch im Büro vorbei. Weil der Koreaner hat echt keinen guten Wein und meine Vorräte zu Hause sind alle.«

»Aber im Büro hast du welche?«

»Auf jeden Fall. Der Thomsen hat dort kistenweise Getränke für alle möglichen Anlässe gelagert, und ich hab auch einiges angeschafft. Frau will sich ja nicht ständig einladen lassen.«

In den Räumlichkeiten der Kripo steuert Sophie gezielt

auf die Personalküche zu. Mit sicherem Griff nimmt sie zwei Flaschen Sekt aus dem Kühlschrank und zwei Flaschen Rotwein aus dem Regal daneben. Doch der Versuch Letztere in Evandos Arme zu legen scheitert. Stattdessen drückt er sie gegen die Wand und küsst sie auf eine Art, dass ihr ganz heiß wird. Während ihr ganzer Körper kribbelt wie verrückt, schiebt er ihr Kleid hoch und hebt sie auf die Herdplatte.

»Evando! Nicht!«

»Nicht?« Augenblicklich lässt er von ihr ab und tritt einen halben Schritt zurück. »Bist du sicher?«

Sein Blick fährt ihr direkt in die Eingeweide.

»Ach, verdammt!« Sie greift nach seiner Krawatte und zieht ihn wieder zu sich. »Dann nehmen wir den ersten Gang eben hier.«

* * *

Um den Abend doch noch zu retten, und vor allem sein Gesicht nicht zu verlieren, lässt sich Thomsen zu einer großen Abschiedsgeste hinreißen. Er läuft der aufgelösten Maike hinterher und zieht seinen Hausschlüssel vom Schlüsselbund. Mit dem treuherzigsten Blick, zudem er fähig ist, drückt er ihn ihr in die Hand.

»Ich wollte ihn dir eigentlich ganz romantisch im Bett überreichen, aber dazu wird es heute wohl nicht mehr kommen.«

»Ach«, sagt sie bloß.

Es ist zu spät, das ist ihm nun klar. Er hätte das beim ersten Drink tun müssen, als ihre Augen noch die romantische Schiffsbeleuchtung überstrahlten. Nun, da sie bereits mit verheulten Augen ins Taxi steigt, entfaltet dieser Akt der Einsicht keine erotisierende Wirkung mehr.

Die drei berühmten Worte hat er auch nicht herausgebracht und so muss er diesen Abend wohl als Fehlschlag verbuchen.

Als er dem Taxi resignierend hinterherwinkt, wird ihm die Tragweite seines Handelns plötzlich bewusst. Da er in Wahrheit nie geplant hat, Maike einen Hausschlüssel zu geben, hat er auch keinen Ersatzschlüssel bei sich.

Verflucht. Wo soll er nun schlafen? Er braucht nicht allzu lange zu überlegen, bis ihm klar ist, dass die Couch in seinem Büro die einzige Option ist.

Um den Kollegen keine Nahrung für neuen Tratsch zu liefern, drückt er sich so unauffällig wie möglich am diensthabenden Beamten im Erdgeschoss vorbei und schleicht die Treppe zu den Räumlichkeiten der Kripo hinauf.

Das gedämpfte Licht, das aus der Personalküche in den Gang fällt, wäre ihm vielleicht gar nicht aufgefallen, die Geräusche hingegen waren nicht zu überhören. Als ihm klar wird, was er da hört, steht er bereits vor der offenen Tür und starrt auf den nackten Arsch des Griechen.

Peinlich berührt versucht er, ungesehen wieder davonzuschleichen, als er gegen eine Flasche tritt, die am Boden herumsteht.

»Scheiße, wer ist da?«, hört er die aufgeschreckte Stimme der Meerkatz.

»Nur dein Chef, der hier noch Überstunden schiebt«, brummt er und muss gegen seinen Willen grinsen.

Er hebt die rollende Flasche auf, stellt fest, dass sie noch voll ist und nimmt sie mit in sein Büro. Eine bessere Einschlafhilfe wird er heute Nacht nicht mehr finden.

Es liegt nicht immer am Sturm,
wenn die Boote wackeln

Freitag

25

Als der Wecker piept, setzt Sophie sich blinzelnd auf. Der gut aussehende nackte Mann neben ihr zieht sich die Decke über den Kopf. Der kleine Kater, der sich neben ihm eingerollt hat, streckt sich. Sie scheucht ihn vom Bett hinunter.

Die Sonnenstrahlen stechen ihr schmerzhaft in die Augen, als sie sich tapfer bis zur Küche durchkämpft. Alles, was sie und Evando gestern am Leib trugen, liegt am Boden verstreut.

Das Röhren der Kaffeemaschine veranlasst ihn ebenfalls aufzustehen. Er kommt lächelnd auf sie zu und sie findet ihr Leben gerade richtig schön, als plötzlich eine Erinnerung hochkommt, die ihr eine sofortige Gänsehaut beschert.

»Bitte sag mir, dass ich das bloß geträumt habe!«

»Dass der Thomsen in der Küche aufgetaucht ist, als wir . . .«

»Sch . . . sprich es nicht aus. Wir tun einfach so, als wäre es nie passiert.« Sie schlägt beide Hände vors Gesicht.

Evando lacht. »Krieg dich wieder ein. Er hat bloß meinen nackten Arsch gesehen – nicht deinen!«

Obwohl Evando Sophie schon um halb acht vor der Polizeiinspektion absetzt, ist sie die Letzte, die den Großraum betritt. Die Stimmung dort ist seltsam. Jasper wirkt auf eine Art sonnig, die ihr völlig neu ist, wohingegen Thomsen sich in einem Zustand befindet, in dem er mehr Ähnlichkeit mit einem obdachlosen Säufer als mit einem Kriminalhauptkommissar hat.

Svenja ist über diesen Umstand sichtlich verzweifelt.

»Rüde, so kannst du nicht zur Pressekonferenz! Du hast verquollene rote Augen und du riechst. Es ist okay, dass du deine Sorgen mit 'ner Menge Alkohol runtergespült hast, aber jetzt musst du duschen.«

»Wann beginnt denn die Pressekonferenz?«, fragt Sophie und Thomsen fährt herum.

»Meerkatz! Du übernimmst das heute.«

»Aber ich bin doch gar nicht vorbereitet . . .«, beginnt sie mit der Abwehr, doch ihr Chef unterbricht sie gleich.

»Auf manches ist man nie vorbereitet.«

Der eindeutige Unterton sagt alles. Er hat sie in der Hand.

»Okay«, quetscht sie zwischen zusammengebissenen Zähnen hindurch. »Gibt es schon einen Text?«

Jasper überreicht ihr einen Ausdruck.

»Fünf Zeilen? Ernsthaft? Die werden mich so was von zerfleischen.«

Thomsen setzt ein breites Grinsen auf. »Ach was, zu frisch zugezogenen Berlinerinnen sind sie bestimmt ganz reizend. Ich bin dann mal duschen.«

Svenja sieht Sophie mitleidig an. »Viel Zeit hast du nicht mehr, die Journalisten werden in einer halben Stunde hier sein.«

Sophie verdreht die Augen. »Das ist ein Albtraum.«

* * *

»Ich hasse Reporter. Die haben mir genau die Fragen gestellt, die ich mir selbst auch stelle, aber nicht beantworten kann. Jeder meiner Sätze begann mit *Leider wissen wir zurzeit noch nicht . . .*«

Svenja reicht ihr eine Tasse frisch gebrühten heißen Kaffee.

»Der wird dir guttun. Außerdem waren wir fleißig und haben alle Schulen im Umkreis durchtelefoniert. Kaja arbeitete in der Frieda-Dierks-Gemeinschaftsschule. Den Wohnort des Direktors haben wir auch schon ausfindig gemacht.«

Thomsen, der halbwegs manierlich und wohlriechend wieder in den Großraum zurückkehrt, hört nur den letzten Satz.

»Könnt ihr ihn nicht gleich in der Schule befragen?«

»Es sind Ferien.« Jasper lächelt selig.

»Er hat gestern einen Kuss bekommen«, erklärt Svenja seinen Zustand.

»Gratuliere«, kommentiert Thomsen trocken. »Gib ruhig Bescheid, wenn du mal Privatsphäre brauchst, zum Beispiel in der Küche . . .« Er untermalt seine Aussage mit einer eindeutigen Geste. »Ich werde jetzt mit dem Staatsanwalt telefonieren, ein Durchsuchungsbeschluss hat schließlich noch nie geschadet.«

»Durchsuchungsbeschluss?« Jaspers seliger Ausdruck wird um einen fragenden Blick ergänzt.

»Ja, Kollege Hinrichs. Heute nehmen wir uns die Villa des Mordopfers vor. Ob der Gatte nun anwesend ist oder nicht.«

Als Thomsen die Tür zu seinem Büro hinter sich zuzieht, schüttelt Svenja tadelnd den Kopf.

»Der hat doch ‘n Rad ab, oder? Was war das für ‘ne anzügliche Bemerkung mit der Küche? Das wär doch wirklich der letzte Ort, wo ich . . .«

»Wo wohnt denn der Direktor?«, unterbricht Sophie, der jedes Thema lieber ist, als die Erörterung über die Eignung der Personalküche als Liebesnest.

»In der Friedrichstraße, das ist bloß zwei Minuten von hier.«

»Weiß er schon, dass wir kommen?«

»Ja, ich habe vorhin mit ihm telefoniert.«

»Gut, dann mal los.« Sie packt ihre Tasche, ihr Handy und den Autoschlüssel und geht zügig voraus.

Svenja sieht ihr irritiert hinterher. Irgendwie verhalten sich heute alle ein wenig seltsam.

26

Heiko Evers' schmales Gesicht verschwindet hinter der riesigen Hornbrille. Er wirkt so alt und gebrechlich, dass Sophie sich im Stillen fragt, ob er bei der Pensionierung übersehen worden ist.

Evers bietet Tee an und weil gemeinsames Teetrinken der Kommunikation förderlich ist, nimmt sie an. Auch Svenja nickt zustimmend.

Der hagere Direktor kommt von selbst auf das Mordopfer zu sprechen, als er sich mit Teekanne und Tassen an den fragilen Tisch setzt, der ebenso wie die restliche Einrichtung aus einer anderen Zeitepoche zu stammen scheint.

»Ich kanns noch gar nicht glauben. Dass die Kaja tot ist, meine ich. Wir sind ja nicht so viele Lehrer an unserer Schule, wir kennen einander alle recht gut.«

»Sie unterrichten selbst auch?«

»Ja. Zwei Klassen fix, und bei den anderen spring ich ein.«

»Was hat die Frau Granditz unterrichtet?«

»Deutsch und Geschichte. Und Informatik.«

»Wie kam sie mit den Schülern klar?«

»Gut. Sie war beliebt. Hatte 'n guten Draht zu den Jugendlichen. Weit besser als ich«, gibt Evers unumwunden zu und rührt umständlich vier Löffel Zucker in den Tee.

Das trifft wahrscheinlich auf alle Lehrkräfte zu, denkt Sophie. »Und mit den Kollegen?«

»Ebenso. Wie gesagt, sie war beliebt . . .«

»Herr Direktor Evers, jemand hat sie umgebracht. Und ich meine nicht bloß unabsichtlich angefahren. Sie wurde niedergeschlagen und anschließend von jemandem verprügelt, der sie gehasst hat. Zumindest sah ihr Gesicht danach aus. Dann wurde sie zum Sterben in einen Kofferraum gequetscht. Also wer könnte 'n Grund gehabt haben, die Frau so zu verabscheuen?«

Heiko Evers atmet heftig und öffnet mit zittrigen Händen eine Pillendose. Er greift sich ans Herz, während er eine weiße Tablette herauskitzelt und mit einem Schluck Tee herunterspült.

Sophie wirft Svenja einen nervösen Seitenblick zu.

»Sie kippen uns hier nicht aus 'n Latschen, oder?«, fragt diese ganz direkt.

»Werde mir Mühe geben«, antwortet Evers ernsthaft und Sophie zieht verunsichert die Augenbrauen hoch. Offenbar war ihre Schilderung des Tathergangs für den ausgezehrten alten Mann zu drastisch gewesen.

»Mit wem müssen wir sprechen, um etwas über Kaja zu erfahren?«, fragt sie nun deutlich sanfter.

»Am besten mit Anders. Anders Birger. Er unterrichtet Mathematik und Geometrie. Es gibt da so ein Gerücht, dass die beiden . . . Sie wissen schon.«

»Verstehe.« Sophie notiert sich den Namen. »Mit welcher Kollegin war sie am besten befreundet?«

»Hm, das war wohl die Kollegin Hendersen. Ida Hendersen. Sie unterrichtet Biologie und Sport.«

»Bitte schreiben Sie die Namen, Adressen und Telefonnummern der beiden Kollegen auf – und auch die von Kaja Granditz – und dann ruhen Sie sich aus, um Himmels Willen!«

27

Svenja hat die Kommunikation mit Thomsen übernommen. Via Handy informiert sie den Hauptkommissar über die erfolgte Befragung des Schuldirektors, während Sophie den Dienstwagen in Richtung Wobbenbüll lenkt, wo Anders Birger wohnt.

»Habt ihr die aktuelle Handynummer der Toten?«, will Thomsen wissen.

»Klar.« Svenja gibt sie durch.

»Prima, dann kann Jasper schon mal das Gesprächsprotokoll anfordern. Weiter so, meine Lieben, immer schön dran bleiben.«

»Und bei euch? Ist der Ehemann endlich zu Hause?«, fragt Svenja neugierig nach.

»Nee. Alles wie gestern. Hab schon die Spezialisten angefordert. Wir gehen rein.«

»Viel Glück.«

Sie legt auf und sieht Sophie nachdenklich an. »Denkst du, der Ehemann wars? Und hat sich deshalb abgesetzt?«

»Vielleicht.« Sophie zuckt die Schultern. »Vielleicht liegt er aber auch tot in der Villa. Wer weiß das schon? Muss ich hier links abbiegen?«

»Ja. Das wär aber der Super-GAU. 'Ne dritte Leiche, hier in Husum. So einen Fall gabs bestimmt noch nie.«

Sophie parkt ein und deutet auf ein modernes Einfamilienhaus auf der anderen Straßenseite.

»Das müsste es sein.«

»Denke ich auch.« Svenja zieht ihren Pferdeschwanz zurecht und steigt aus.

»Hast du mit dem Mathe-Lehrer vorher telefoniert?«, fragt sie ihre Kollegin, als sie auf die Gartentür zugehen.

»Nö. Dachte wir überraschen ihn.« Sophie lächelt verschmitzt und drückt die Klingel.

Eine sportliche Frau um die vierzig kommt in Shorts und Tanktop an die Gartentür.

»Moin. Frau Birger?«

»Ja. Erika Birger.« Sie sieht die Ermittlerinnen fragend an.

»Frau Birger, ich bin Oberkommissarin Sophie Meerkatz von der Kripo Husum, das hier ist meine Kollegin Svenja Tades. Ist Ihr Mann zu Hause?«

»Ja, ist er. Worum geht es denn?«

»Wir ermitteln im Mordfall Kaja Granditz. Sie war eine Kollegin Ihres Mannes.«

»Oh, mein Gott!« Die sportliche Bräune im Gesicht von Erika Birger weicht einer ungesunden Blässe.

»Dürfen wir reinkommen?«, fragt Svenja.

»Selbstverständlich. Ich bin nur ganz durcheinander. Ist sie . . . ich meine, ist sie die Tote aus dem Kofferraum?«

»Ja.« Sophie verzieht das Gesicht. Mit diesen Worten betitelt die Presse den Leichenfund, egal ob lokal oder überregional. Und nach der Pressekonferenz heute, wo Kajas Namen preisgegeben wurde, werden die kommenden Schlagzeilen wohl lauten: Kaja Granditz, die Tote aus dem Kofferraum.

»Das ist so schrecklich.« Erika Birger kämpft sichtlich

mit den Tränen. »Ich hab sie ja kaum gekannt, aber mein Mann hat sie sehr gemocht. Ab und zu haben wir uns privat getroffen.«

»Zu viert? Mit ihrem Ehemann?«, hakt Svenja sofort ein.

»Nein das nicht. Den kenne ich überhaupt nicht. Wissen Sie, mein Mann lädt ab und zu Kollegen zum Grillen ein, aber Kaja kam immer allein. Sie und Ida kamen immer ohne männliche Begleitung, wobei . . . ich glaube, die Ida ist gar nicht verheiratet.«

»Frau Birger, können wir uns hier irgendwo ungestört mit Ihrem Mann unterhalten?«, drängt Sophie, nachdem sie immer noch im Vorraum stehen.

»Sicher.« Die Dame des Hauses geht voran und öffnet eine Tür, die in ein gemütliches Wohnzimmer führt. »Nehmen Sie Platz, ich hole ihn.«

»Danke.«

Sophie sieht sich im Raum um. Große Sprossenfenster und viele Pflanzen vermitteln ein Gefühl beinahe idyllischer Geborgenheit. Ob hier tatsächlich alles so harmonisch läuft, wie es scheint?

»Zwei Kinder«, sagt Svenja und deutet auf gerahmte Bilder an den Wänden. »Ganz klassisch. 'N Junge und 'n Mädchen. Im Abi Alter.«

Sie hören plötzlich ein aufgeregtes Flüstern und kurz darauf stürmt ein attraktiver dunkelblonder Mittvierziger ins Zimmer, dem seine Frau wie ein Schatten folgt.

»Ist das wahr? Erika sagt, die Leiche aus dem Kofferraum ist Kaja?«

Sophie reicht ihm die Hand.

»Ja, es stimmt leider.«

Der große schlanke Mann mit dem aparten Gesicht beginnt zu schwanken. Sophie stützt ihn geistesgegenwärtig und bugsiert ihn zur Couch.

»Wer macht denn so was? Und warum?« Anders Birger vergräbt sein Gesicht in seinen Händen.

»Um das herauszufinden, sind wir hier«, erklärt Sophie sanft. »Sie waren sehr eng befreundet?«

Er hebt den Kopf und wirft einen schnellen Seitenblick auf seine Frau. »Ja, wie das eben unter Kollegen so ist, wenn man sich täglich sieht.«

»Mhm.« Sophie sieht ihn nun aufmerksam an. Er ist sichtlich aufgelöst, blass und zittrig. Ob aus Angst oder aus Trauer kann sie nicht sagen. Sie signalisiert Svenja mit einem Blick, Erika Birger unauffällig aus dem Raum zu lotsen.

»Herr Birger, wir haben das Handy von Frau Granditz sichergestellt. Mit der gesamten Korrespondenz. Wir wissen, dass mehr zwischen Ihnen war, als bloß Zuneigung unter Kollegen«, blufft sie gekonnt, sowie sie alleine sind.

Birger lässt die Schultern hängen. »Wir waren Seelenverwandte.«

»Seelenverwandte?«

Damit hätte sie nun wirklich nicht gerechnet.

»Nun, die wechselseitigen Nachrichten sprechen eine andere Sprache . . .« Sie lässt den Satz absichtlich in der Luft hängen.

Birger springt wie gewollt darauf an. »Ja, natürlich gab es auch diese erotische Anziehungskraft zwischen uns, da konnten wir gar nichts gegen machen . . .«

Er schluchzt nun haltlos.

Sophie wartet geduldig, bis er wieder ansprechbar ist.

»Weiß Ihre Frau von dieser besonderen Form der Seelenverwandtschaft?«

»Nee, das hätte sie bloß gekränkt.«

»Wann haben Sie Kaja das letzte Mal gesehen?«

»Am Samstagabend. Hier bei uns. Wir haben gegrillt.

Die Kinder sind in der Früh schon zu ihren Großeltern in die Ferien gefahren und wir haben abends 'n feines Barbecue veranstaltet.«

»Wer war alles mit dabei?«

»Nur 'n paar Freunde. Die Kaja eben und die Ida, der Jonas und der Stefan.«

»Alles Kollegen von Ihnen?«

»Also der Stefan nicht, der ist der Lebenspartner vom Jonas.«

»Und von Ihrer Frau waren keine Freunde oder Kollegen eingeladen?«, hakt Sophie nun nach.

»Nein. Sie hat bloß eine Freundin, und die ist mit ihrer Familie auf Urlaub in Spanien.«

»Wie war das mit Kajas Ehemann? War der nie dabei?«

»Nee. Sie waren schon lange verheiratet und haben sich auseinandergelebt, aber irgendwie auch arrangiert. Sie hat ihn so gut wie nie erwähnt.«

»Also, am Samstagabend haben Sie Kaja zum letzten Mal gesehen. Aber danach hatten Sie noch telefonischen Kontakt . . .«, blufft Sophie weiter und dreht demonstrativ ihr Handy hin und her.

»Ja, wenn Sie es gelesen haben, dann wissen Sie es ohnehin.«

»Trotzdem ist es wichtig, dass Sie mit uns darüber sprechen.«

»Was bringt das jetzt noch? Sie ist tot . . . ich kann es gar nicht glauben – genau vor unserem Wochenende. Ich hatte schon alles gebucht. Die Tage hab ich schon gezählt – nur Kaja und ich in einem Spa bei Eckernförde . . .«

Er beginnt wieder zu schluchzen.

Dieses Mal ist Sophie nicht so geduldig.

»Herr Birger, wo waren Sie am Dienstagabend?«

»Zu Hause. Hier. Wo ich immer bin, wenn ich nicht bei ihr sein kann.«

»Ihre Frau kann das bezeugen?«

»Sicher, sie ist ja auch immer hier.«

Sophie steht auf.

»Herr Birger, wir werden Sie und Ihre Frau nun auf die Dienststelle bringen lassen. Wir müssen Sie beide ausführlich befragen. Und zwar getrennt.«

28

Die Ermittlerinnen sehen zu, wie ihre uniformierten Kollegen das Ehepaar Birger zu den beiden Streifenwägen begleiten.

Sophie ruft Jasper an.

»Wie siehts bei euch aus?«

»Thomsen wartet vor der Villa auf die Spezialisten. Er ruft mich ungefähr alle fünf Minuten an, wo die bleiben. Ich bin hier im Büro nur am Telefonieren.«

»Ich fürchte, das wird sich so schnell nicht ändern. Wir brauchen Beschlüsse, um alles von diesem Birger unter die Lupe nehmen zu können. Korrespondenz, Finanzen, et cetera. Außerdem sind er und seine Frau bereits in getrennten Fahrzeugen zu dir unterwegs. Sie sollen in verschiedenen Räumen auf uns warten. Wir kommen spätestens in ‘ner Stunde nach.«

»Alles klar. Hörst du das?«, fragt er plötzlich, als ein aufdringlicher, ständig wiederkehrender Piepton in der Leitung zu vernehmen ist. »Das ist schon wieder der Rüde. Der bringt mich noch ins Grab.«

Sophie schmunzelt und legt auf.

Sie steigt in den Dienstwagen, wo Svenja bereits am Steuer sitzt. »Dann wollen wir uns mal anhören, was uns die beste Freundin des Opfers zu erzählen hat.«

* * *

Ida Hendersen wohnt in einem modernen Wohnblock mit mehreren Apartments, die ineinander verschachtelt angelegt wurden und über riesige begrünte Terrassen verfügen.

Am Haustor ist eine Gegensprechanlage angebracht.

Svenja tippt mit dem Finger auf die Klingel neben *Hendersen, Top 5.*

Nachdem niemand antwortet, versucht sie es ein zweites Mal. Sophie holt ihr Diensthandy aus der Tasche und tippt die Handynummer ein, die Direktor Evers ihr genannt hat. Während sie wartet, dass Ida Hendersen abhebt, öffnet sich die Eingangstür und eine schlanke blonde Frau um die vierzig kommt heraus. Auffällig ist, dass sie gerade dabei ist, ihre Handtasche zu durchwühlen, in der es lautstark klingelt.

»Frau Hendersen?«, spricht Sophie sie direkt an.

»Äh . . . ja?« Sie schaut verwirrt auf. In der Hand hält sie das Mobiltelefon, das plötzlich verstummt.

Sophie schwenkt demonstrativ ihr Diensthandy. »Das war ich. Ich wollte Sie erreichen, weil Sie auf die Klingel nicht reagiert haben.«

»Da war ich wahrscheinlich schon im Fahrstuhl. Wer . . . ?«

»Sophie Meerkatz und Svenja Tades von der Kripo Husum, wir müssen mit Ihnen sprechen.«

»Oh, nein.« Sie wird augenblicklich blass und muss sich an der Hauswand abstützen.

»Frau Hendersen?«

»Das ist sie, nicht wahr? Die Tote im Kofferraum, das ist Kaja?«

Sophie nickt und Svenja hakt die zierliche blonde Frau unter. »Kommen Sie, gehen wir in Ihr Apartment.«

»Das ist genau das, was ich befürchtet habe. Ich war

eben am Weg zu ihr«, stöhnt sie und presst beide Hände auf den Mund.

»Zu Kaja?«, hakt Sophie nach.

»Ja. Weil sie sich nicht mehr gemeldet hat. Schon seit Dienstagabend . . .« Sie hält sich eine Hand vor den Mund und macht zwei Schritte zur Seite, um sich in die hüfthohen Büsche neben dem Eingang zu erbrechen.

Svenja reicht ihr ein Taschentuch.

»Gehts wieder?«

»Es muss . . .« Ein wenig schwankend geht sie auf das Haustor zu. »Ich wusste, dass etwas Schlimmes passiert ist.«

29

»Ich brauche einen Drink.« Ida Hendersen steckt ihre langen blonden Haare hinter die Ohren und öffnet den Kühlschrank. »Es stört Sie doch nicht?«

»Nein. Machen Sie nur. Das Schicksal kann manchmal grausam sein.«

»Ja.« Ida Hendersen füllt Eiswürfel in ein Glas, die nun klackern, weil ihre Hand so stark zittert.

Sophie nimmt es ihr aus der Hand. »Setzen Sie sich, ich übernehme das. Was solls denn sein?«

»Gin Tonic.«

Sophie spürt Svenjas skeptische Blicke, als sie einen großen Schluck Gin ins Glas ihrer Zeugin kippt, aber das ist ihr egal. Den und noch mehr würde sie auch brauchen, wenn ihrer besten Freundin etwas Schlimmes zustoßen würde.

»Wann haben Sie das letzte Mal etwas von ihr gehört?«

»Am Dienstag, zu Mittag. Sie war im Einkaufscenter shoppen.«

»In welchem?«

»In dem am Hafen. Da, sehen Sie?« Ida öffnet WhatsApp auf ihrem Handy und zeigt Sophie die Fotos, die Kaja geschickt hat. Ohne Ausnahme Selfies, die sie mit strahlenden Augen in atemberaubenden Kleidern zeigen. Das letzte ist von einem Restaurant und zeigt das Gericht, das sie sich bestellt hatte, in Großaufnahme. Ein Hummer, garniert mit dreierlei Gemüse.

»Sie hat mir diesen Schnappschuss aus dem *Njörd* geschickt, einem Grillrestaurant, das auf Meeresfrüchte spezialisiert ist, gleich neben dem Einkaufscenter. Sie hat dort gerne gegessen. Das ist das letzte Foto, das ich bekommen habe. Danach habe ich nie wieder etwas von ihr gehört«, sagt Ida traurig.

Sophie scrollt bis zum Ende der WhatsApp-Kommunikation hinunter. Tatsächlich gab es bloß noch Nachrichten von Ida, die alle unbeantwortet blieben. Die letzten zehn enthielten vor allem die Botschaft, dass Kaja sich doch endlich melden möge.

»Ich wusste, es ist ihr etwas zugestoßen.«

»Und haben Sie auch eine Idee, wer dafür verantwortlich sein könnte?«

»Schwer zu sagen . . . vielleicht Erika? Ich hab schon länger das Gefühl, dass sie Bescheid weiß. Und ich traue ihr nicht . . . oder Anders?«

»Wieso Anders? Ich dachte, der war ihre große Liebe«, wendet Sophie ein.

»Ja, irgendwie schon, aber dann auch wieder nicht. Die beiden haben nie den richtigen Moment gefunden.«

»Das verstehe ich jetzt nicht.«

Ida seufzt und nimmt einen großen Schluck von ihrem Drink. »Die Affäre zwischen den beiden lief schon ewig. Gute fünf Jahre mindestens. Als sie bereit war, ihren Mann zu verlassen, war er es nicht. Erika und die Kinder, Sie wissen schon, das Übliche eben. Als er dann endlich bereit war . . .« Sie verstummt und starrt verloren in ihr Gin Tonic. Eine Träne läuft ihre Wangen hinab und fällt ins Glas.

»Dann wollte sie nicht mehr«, vervollständigt Sophie

den Satz.

Ida nickt.

»Aber warum? Was hatte sich geändert?«

»Sie . . . sie . . . ach, das ist jetzt auch schon egal. Sie hat jemanden wiedergetroffen. Eine alte Liebe.«

Jetzt wirds interessant, denkt Sophie.

»Ich brauche seinen Namen.«

»Sebastian.«

»Nachname?«, fragt Svenja, die sich eifrig Notizen macht.

»Den kenne ich nicht. Ich weiß nur, dass sie wegen ihm völlig aufgedreht war.«

»Hat sie seinetwegen die Abendgarderobe gekauft?«

»Ja. Sie hatte vor, das Wochenende mit ihm in Hamburg zu verbringen. Mit Theater, Oper und allem Pipapo.«

»Aber Anders Birger sagte aus, er hatte ein Wellnesshotel in Eckernförde für sie beide gebucht«, entgegnet Sophie verwundert.

»Stimmt. Das war schon länger ausgemacht. Aber Kaja hatte sich umentschieden.«

»Und es Birger nicht gesagt?«

Ida wischt sich die Tränen von den Wangen und zuckt die Schultern. »Ich weiß es nicht. Vielleicht hat sie noch überlegt, wie sie ihm am besten absagen soll? Oder sie hat es ihm gesagt, und er hat sie . . .«

Sie schlägt beide Hände vors Gesicht und beginnt heftig zu schluchzen.

Sophie reicht ihr ein Taschentuch. Während sie wartet, bis Ida sich wieder beruhigt hat, macht sie sich ein paar Notizen. Erst als die Tränen versiegen, setzt sie die Befragung fort.

»Wusste Kajas Ehemann von ihren Liebhabern?«

»Von Anders sicher, von Sebastian eher nicht. Aber

das weiß ich nicht so genau.«

»Wie stand er dazu?«

»Kaja sagte, sie hätten ein Arrangement. Dass sie sich gegenseitig Freiräume zugestehen würden.«

»Das heißt, die Ehe war nicht nur Schein? Sie haben noch miteinander geschlafen?«

»Ja. Kaja erzählte sogar, dass der Sex mit ihrem Mann in letzter Zeit besser geworden war.«

»Das heißt, er könnte sehr wohl um seine Frau gekämpft haben?«

»Möglich wärs schon, ich weiß es nicht. Ich weiß nur, dass Kaja so glücklich war, als sie shoppen war und auch noch im Restaurant, als sie mir die Fotos schickte . . .«

Die Tränen beginnen neuerlich zu fließen.

»Haben Sie jemanden, den Sie anrufen können?«, fragt Sophie mitfühlend.

Ida nickt.

»Meine Schwester«, schluchzt sie.

»Dann tun Sie das. Wir sind hier gleich fertig. Sagt Ihnen der Name Trine Balsters etwas? Hat Kaja sie gekannt?«

»Nein . . . wer ist das?«

»Eine alte Frau, die am gleichen Tag ermordet wurde wie Ihre Freundin.«

»Oh, das ist schlimm. Ob Kaja sie kannte, weiß ich natürlich nicht, erzählt hat sie mir jedenfalls nie von ihr.«

Sophie nickt. Das hatte sie schon vermutet.

»Ich habe nur noch eine Frage: Warum sind Sie nicht schon früher zu Ihrer Freundin hingefahren, als Sie nichts mehr von ihr gehört haben?«

»Ich war ja nicht da.« Sie deutet auf einen Trolley, der halb ausgepackt auf dem Tisch liegt. »Ich war mit meiner Schwester und deren Kindern campen, an der Ostsee. Von Montag an. Ich bin erst vor ‘ner Stunde heimgekommen, und während des Auspackens hab ich dann die Ungewissheit nicht länger ausgehalten . . .«

»Ich verstehe. Es tut mir sehr leid für Ihren Verlust.«

Sophie steht auf und überreicht ihre Visitenkarte.

»Falls Ihnen noch etwas einfällt, rufen Sie mich direkt an.«

»Mach ich.«

Auch Svenja drückt ihr Mitgefühl aus. »Sie sollten jetzt nicht allein bleiben.«

An der Tür dreht sich Sophie noch einmal um.

»Da fällt mir noch etwas ein. Ist Kaja ab und zu Rad gefahren?«

»Rad?«

»Ja. Besaß sie vielleicht ein weißes Damenfahrrad, mit dem sie ab und zu unterwegs war?«

Ida runzelt die Stirn.

»Ich weiß nichts von einem Rad. Egal welche Farbe. Sie hat es nie erwähnt. Und auch kein Foto geschickt. Und sie hat sich selbst ständig mit allem fotografiert. Ich habe mindestens hundert Fotos von ihr mit ihrem geliebten BMW.«

30

Rüdiger Thomsen atmet auf, als der Polizeitechniker die elegante, aber massive Eingangstür der Granditz-Villa endlich aufkriegt.

Seit über einer Stunde steht er sich hier schon in der schönsten Sommersonne die Beine in den Bauch. In einer Gegend, die mit Gaststätten völlig unterversorgt ist. Nicht mal ‘n kleines Café konnte er in Sichtweite ausmachen.

Im Inneren der Villa ist es angenehm kühl. Was auch immer hier drinnen vor sich gegangen sein möge, es hat die Klimaanlage nicht beeinträchtigt.

Erleichtert streicht er sich eine verschwitzte Haarsträhne aus der Stirn und sieht sich um. Großzügige Raumaufteilung, geschmackvolle Einrichtung, teure Möbel, Kunstgegenstände und Gemälde.

Ole Granditz hat als Kunsttischler offenbar ein Vermögen verdient.

Thomsen inspiziert neugierig die Küche. Er hat das Gefühl, dass alles auf seinem Platz steht. Nichts erweckt den Eindruck, dass sich hier gewaltsame Szenen abgespielt hätten.

Er steigt die Treppen hoch, um die weiteren Räume in Augenschein zu nehmen. Beim Schlafzimmer bleibt ihm beinahe die Luft weg. Es ist kein Zimmer, es ist eine

Suite. Mit einer langen Fensterfront in den Garten und einem riesigen Himmelbett in der Mitte. Daran angeschlossen ein großzügiges Bad mit Marmorfliesen und Whirlpool. Ohne Zweifel würde das der Maike gefallen!

»Rüde!«

Thomsen schaut auf.

»Ja?«

»Komm mal ins Arbeitszimmer! Du musst dir was ansehen.«

Er kommt der Bitte nach und stößt auf einen Kollegen in Schutzkleidung, der vor dem geöffneten Tresor steht.

»Das ging aber schnell«, lobt Thomsen.

»Das war ich nicht. Das hab ich so vorgefunden.«

»So weit offen?« Thomsen starrt verblüfft hinein.

»Mehr ist nicht drin. Bloß diese Papiere da. Sind aber bloß Verträge über alles Mögliche. Wertpapiere sind nicht dabei.«

Thomsen schiebt nachdenklich die Unterlippe vor.

»Kein Bargeld, keine Wertpapiere, kein Schmuck. Sieht aus, als hätte der Hausherr eilig alles von Wert zusammengerafft.«

»Ich sag dir, der ist Hals über Kopf geflüchtet.«

»Ja, sieht so aus. Das macht ihn jetzt schon ein wenig verdächtig.«

* * *

»Die Fahndung nach Ole Granditz ist raus, Chef«, berichtet Jasper, der mittlerweile eingetroffen ist. »Die Garage hab ich auch schon gecheckt. Sie ist leer. Es gibt Stellplätze für zwei Autos, aber keines ist da.«

»Sieht tatsächlich nach Flucht aus«, bemerkt Thomsen und wendet sich dem Schreibtisch zu. Er zieht sich Handschuhe über und öffnet eine Lade nach der anderen. In der dritten stößt er auf ein Lederetui, in dem Reserveschlüssel aufbewahrt werden.

Er legt sie auf die Schreibtischplatte. Einmal BMW und einmal Aston Martin. »Jasper, du findest alles über die beiden Fahrzeuge raus. Die kommen ganz oben auf die Fahndungsliste. Ich will, dass jeder Streifenpolizist in Schleswig-Holstein nach denen Ausschau hält.«

31

»Wenn man Ida Hendersen Glauben schenkt, hatte Kaja Granditz nicht nur ein sehr erfülltes, sondern auch ein sehr aufregendes Leben«, kommentiert Svenja, als sie wieder im Auto sitzen.

»Und irgendjemandem hat das absolut nicht gepasst. Ich bin nun richtig gespannt, was uns das Ehepaar Birger erzählen wird, wenn wir sie jetzt getrennt befragen«, ergänzt Sophie und lehnt sich zufrieden im Beifahrersitz zurück.

»Ich auch«, stimmt Svenja zu, während sie ausparkt und sich in den Verkehr einfädelt.

Sophies Handy läutet. *Jasper Hinrichs mobil* steht auf dem Display.

»Was gibts Neues?«

»Das Ehepaar Birger war sehr kooperativ. Sie haben beide – ohne zu murren – die Fingerabdrücke und die DNA rausgerückt. Brauchte ich keinen Beschluss für. Jetzt warten sie in getrennten Räumen auf euch. Dann war ich mit dem Chef in der Granditz-Villa. Die ist echt mega. Egal. Der Ehemann ist jedenfalls auffällig, weil er verschwunden ist. Samt Geld und allem. Ich bin jetzt wieder am Weg ins Büro. Die Fahndung nach ihm sowie den beiden Fahrzeugen der Granditz', die nicht mehr in der Garage stehen, ist raus.«

»Super. Danke Jasper. Könntest du von Kaja Granditz' Handydaten einen gewissen Sebastian herausfiltern? Es müsste einen regen Kontakt gegeben haben. Speziell in den letzten zwei Wochen.«

»Klar, ich kümmere mich drum.«

»Wir sind auch schon auf dem Weg ins Büro. Was macht Thomsen?«, fragt Sophie noch nach. Es ist immer gut zu wissen, wo der Chef sich aufhält.

»Der kann sich noch nicht von der Villa trennen. Inspiziert dort die Kellerräume.«

»Danke. Bis später.«

Svenja kichert.

»Wahrscheinlich ists 'n Weinkeller!«

»Wir beginnen mit der Ehefrau«, entscheidet Sophie und veranlasst, dass selbige in den Vernehmungsraum gebracht wird.

Als sie und Svenja eintreten, erhebt sich Erika Birger unsicher.

»Brauche ich einen Anwalt?«

»Sagen Sie es mir«, verlangt Sophie. »Wenn Sie schuldig sind, würde ich das schon empfehlen.«

»Aber das bin ich nicht.«

»Dann haben Sie ja nichts zu befürchten.«

»Aber ich werde hier wie eine Verbrecherin behandelt. Mir wurden Fingerabdrücke abgenommen und es wurde sogar ein Mundabstrich gemacht.«

»Nun, das spricht doch für Sie. Wenn Sie befürchten müssten, dass wir Ihre DNA am Körper des Opfers finden, oder Ihre Fingerabdrücke im Kofferraum, dann wären Sie wohl mit der Abnahme nicht einverstanden gewesen.«

»Hm.« Sie scheint zu überlegen. »Hat mein Mann auch

eingewilligt?«

Sophie will diese Frage bereits bejahen, besinnt sich aber im letzten Moment anders.

»Sie denken, dass er die Abnahme verweigert hat?«

Erika Birger beißt sich auf die Lippen.

»Nein, natürlich nicht«, sagt sie dann.

»Frau Birger, ich muss Sie das fragen: Wie lange wissen Sie schon von dem Verhältnis zwischen Ihrem Mann und Kaja Granditz?«

»Was für ein Verhältnis? Das kann ich kaum glauben!«

Die Empörung wirkt ein wenig künstlich, was Sophie verleitet, ein wenig tiefer in die Trickkiste zu greifen.

»In diesem Fall muss ich Sie fragen, ob Sie auch mit einem Lügendetektortest einverstanden sind?« Sie lächelt einladend.

Ihr Gegenüber wird eine Spur blasser.

»Na gut. Ich wusste es. Aber was ändert das? Ich habe sie nicht getötet und Anders auch nicht.«

»Seit wann wussten Sie es?«

»Von Anfang an. Eine Frau merkt so was. Sein verklärter Gesichtsausdruck, wenn er Nachrichten von ihr auf sein Handy bekam oder selbst welche schrieb, sein schnelles Umschalten auf eine andere App, wenn ich näher kam, die abendlichen Besprechungen und das exotische Parfum, das ihm danach anhaftete . . .«

»Ich verstehe. Weiß er, dass Sie es wissen?«

»Nein, ich habe es ihm nie gesagt.«

»Warum?«

»Er hätte es abgestritten, davon bin ich überzeugt. Und dann wäre alles richtig eskaliert.«

»Also haben Sie es ignoriert?«

»Ja.«

»Ihr Mann wollte mit Kaja übers Wochenende wegfahren. Wussten Sie das auch?«

Erika Birger nickt erschöpft. »Sicher. Das Fischen, zu dem er angeblich mit Kollegen fährt, hat ihn noch nie interessiert. Außerdem bekomme ich nun ständig Wellnesshotels an der Ostsee auf meinem Handy angezeigt.«

Sophie runzelt die Brauen. »Den Zusammenhang verstehe ich nicht.«

»Klar«, lacht Svenja frei heraus. »Weil du Single bist. Das passiert, wenn zwei im selben WLAN hängen. Wenn mein Freund sich im Internet nach 'nem neuen Trekker umsieht, bekomme ich auf meinem Handy auch ständig Werbungen für Trekker angezeigt, weil wir das gleiche WLAN nutzen.«

Erika Birger nickt zustimmend. »Gleiches mit teurer Unterwäsche. Die kriege ich auch ständig vorgeschlagen. Bloß nie geschenkt.«

Sophies Augen weiten sich. Im digitalen Zeitalter lernt man eben nie aus.

»Sie vermuten also, die beiden wollten in ein Hotel an der Ostsee?«

»Ja.« Erika Birger schlägt die Augen nieder.

»Wo waren Sie am Dienstagabend?«

Schlagartig richtet sie sich wieder auf und starrt Sophie an.

»Zu Hause.«

»Den ganzen Abend?«

»Ja. Ich habe gekocht, für mich und Anders, und dann habe ich ferngesehen.«

»Und Ihr Mann?«

»Der war auch da. Er hat den Abwasch übernommen und dann ein Buch gelesen.«

»Frau Birger, bitte denken Sie jetzt gut nach, bevor sie meine nächste Frage beantworten. Würden Sie vor Gericht beschwören, dass Ihr Mann den ganzen Abend zu Hause war?«

»Ja.«

Sophie verzieht bei dieser Antwort skeptisch die Mundwinkel. Sie sieht die Frau, die ihr gegenüber sitzt eine Weile auffordernd an.

Doch Erika Birger starrt nur noch auf die Tischplatte.

»Sie können gehen.« Sophie erhebt sich und öffnet die Tür. Bei der Verabschiedung drückt sie ihr eine Visitenkarte in die Hand.

»Sollte Ihnen noch etwas einfallen, das uns weiterhelfen könnte, rufen Sie mich bitte direkt an. Sollten Sie Ihre Aussage binnen einer Woche ändern wollen, können Sie das straffrei tun.«

»Wo steht das denn geschrieben?«, fragt Svenja neugierig, nachdem die Zeugin den Raum verlassen hat.

»Nirgends.« Sophie grinst. »Aber es kann ihr doch keiner verbieten, dass sie sich zu einem späteren Zeitpunkt richtig erinnert. Und je früher sie das tut, desto lieber ist es mir, weil dieses Alibi glaub ich keine Sekunde.«

Svenja schmunzelt. »Ich auch nicht. Mir tut die Frau leid. Ist irgendwie traurig, so ein Leben zu führen, in dem man von dem Menschen, den man liebt, ständig beschissen wird.«

Sophie beißt sich auf die Lippen. Jetzt bloß nicht an Finn denken!

»Wie wärs mit ‘nem schnellen Käffchen, bevor wir den Göttergatten filetieren?«, fragt sie stattdessen.

»Bin dabei«, freut sich Svenja.

32

Anders Birger hängt kraftlos auf seinem Stuhl. Mit hängendem Kopf und ebensolchen Schultern. Er macht einen verstörten Eindruck.

»Ich habe sie geliebt«, sagt er tonlos. »Wirklich geliebt.«

»Das glaube ich Ihnen«, versichert Sophie. Seit dieser Mann das Vernehmungszimmer betreten hat, ist die Trauer im Raum beinahe körperlich spürbar. Doch oft genug hat sie diese auch schon bei Mördern erlebt. Echte Reue und tiefgehende Trauer sind bei Tätern, die ihrem Opfer nahestanden, nicht selten. Insbesondere, wenn sie im Affekt gehandelt haben.

»Es ist unsere Aufgabe, denjenigen, der das Leben Ihrer Geliebten ausgelöscht hat, zu finden und zu bestrafen. Kaja hätte gewollt, dass Sie uns dabei helfen, denken Sie nicht?«

»Doch sicher. Es ist nur . . . ich meine, ich habe einfach keinen Schimmer . . .«

»Aber Ihre Aussage könnte genau das Puzzleteil sein, das uns noch fehlt. Deshalb ist es so wichtig, dass Sie uns die Wahrheit sagen. Verstehen Sie das?«

»Ja.«

Seine Stimme klingt genauso tonlos wie vorher.

Sophie beschließt, ihn ein wenig auf Touren zu

bringen.

»Wussten Sie, dass Ihre Frau all die Jahre Kenntnis von Ihrer Affäre hatte?«

»Was?« Augenblicklich fährt Birger vom Stuhl hoch. »Hat Sie Ihnen das gesagt?«

»Ja.«

»Oh, Mann.« Er schlägt die Hände vors Gesicht und lässt sich wieder auf seinem Stuhl zurücksinken. »Ich war doch so vorsichtig. Ich wollte nicht, dass sie es weiß, ich wollte sie doch nicht verletzen.«

»Tja. Können Sie uns bitte ganz genau beschreiben, wie der letzte Dienstag ab Mittag verlaufen ist?«

Er seufzt. »Kaja war anders als sonst. Schon seit ungefähr zwei Wochen. Sie hat sich zurückgezogen. Früher hat sie meine Nachrichten immer gleich beantwortet und auch oft von selbst welche geschickt, aber in den letzten zwei Wochen musste ich immer recht lange auf ihre Antwort warten, die dann irgendwie nichtssagend ausfiel. Ich habe so gehofft, dass unser gemeinsames Spa-Wochenende sie mir wieder näher bringt. Ich habe ihr am Dienstagvormittag geschrieben, wie sehr ich mich darauf freue, aber es kam keine Antwort. Erst mittags schrieb sie zurück, dass sie sich nicht wohlfühlte und unseren Kurztrip vielleicht absagen müsste.«

Sophie wirft Svenja einen vielsagenden Blick zu. Das passt zu dem, was Ida Hendersen ihnen erzählt hatte. Kaja war zu diesem Zeitpunkt im Einkaufscenter, wo sie Outfits shoppte, die rein gar nichts mit einem Wellnesswochenende zu tun hatten. Sie hatte sich bereits für Liebhaber Nummer Zwei entschieden, es jedoch Liebhaber Nummer Eins noch nicht erzählt.

»Ich war außer mir«, setzt Anders Birger fort. »Immerhin habe ich seit Monaten auf dieses Wochenende hingefiebert. Ich schrieb ihr, sie solle mir das nicht antun, aber es kam nichts mehr zurück.«

Er zieht sein Handy aus der Tasche und schiebt es über den Tisch. »Sie können gerne nachsehen. Es kam nie wieder was zurück.«

»Danke.« Sophie nimmt es, scrollt die Korrespondenz auf WhatsApp durch und findet das bisher Gesagte bestätigt. Keine Antwort von Kaja Granditz seit Dienstagmittag, dafür unzählige Nachrichten und versuchte Anrufe seitens Birger.

»Und obwohl Sie so aufgebracht waren, blieben Sie den ganzen Dienstagnachmittag und -abend durchgängig zu Hause? Wie ist es Ihnen gelungen, in Ruhe ein Buch zu lesen, wie Ihre Frau behauptete, wenn Sie doch so aufgeregt waren?«

»Ich musste mich ablenken.« Birger lässt den Kopf hängen. »Ich hatte ja keine Ahnung, dass sie . . .«

»Einen neuen Liebhaber hatte?«, hilft Sophie nach.

»Was? Quatsch. Dass sie ermordet wurde, wollte ich sagen.«

»Dann wussten Sie, dass noch ein anderer im Spiel war?«

»Was? Nein, natürlich nicht. Kaja und ich haben uns geliebt. Wir waren Seelenverwandte. Sie hätte nie . . .«

»Doch sie hat. Das wissen wir aus sicherer Quelle.«

33

Der Keller der Granditz-Villa ist beeindruckend, nicht nur wegen seiner Größe, sondern auch aufgrund der ausgeklügelten Technik, die die ideale Temperatur für die erlesenen Weine garantiert. Rüdiger Thomsen ist völlig unerwartet im Eldorado der Weinliebhaber gelandet. Auch einen Humidor hat er schon entdeckt. Doch wie sehr er sich auch bemüht, er kann keine Hinweise auf einen Kampf entdecken.

Nachdem der Hausherr nach wie vor verschollen ist, muss er zu seinem Bedauern feststellen, dass ihm niemand einen edlen Tropfen oder eine feine Havanna anbieten wird.

Trotzdem braucht er eine Weile, bis er sich von den unzähligen Schätzen, die hier in Reihe und Glied lagern, wieder losreißen kann – obwohl ihm längst klar ist, dass es hier nichts mehr für ihn zu tun gibt.

Alles, was er hier noch tun kann, ist seinen Kollegen vom Spurensicherungsdienst dabei zuzusehen, wie sie das Haus unter die Lupe nehmen. Handys und Laptops wurden bis dato keine gefunden, was insofern einen Sinn ergibt, wenn man davon ausgeht, dass besagter Granditz auf der Flucht ist.

Er sieht auf die Uhr. Wenn er jetzt aufbricht, kann er sich am Rückweg ins Büro noch ein feines Gläschen im

Anker gönnen.

Er verabschiedet sich mit aufmunternden Worten von den Kollegen in Schutzkleidung, die noch eine Weile beschäftigt sein werden, und schreitet gemächlich auf seinen Landrover zu.

Während er in seinen Hosentaschen nach dem Autoschlüssel sucht, nähert sich ein Riesenpudel, der einen beleibten Kahlköpfigen in einem Werder Bremen T-Shirt an der Leine hinter sich herzieht.

Gehts noch?, denkt Thomsen und verzieht missbilligend die Mundwinkel nach unten.

»Moin Moin. Was 'n los?«, fängt der Werder Bremen Fan ein Gespräch an.

»Sie sind?«

»Ralf Peters, Nachbar.« Er deutet auf das gegenüberliegende Haus, das deutlich kleiner und schäbiger aussieht.

»Waren Sie am Dienstagabend zu Hause?«, nutzt Thomsen geistesgegenwärtig die Gunst der Stunde.

»Logisch. Abends geh ich immer 'ne Runde mit der Anschela.« Er streichelt der struppigen Hundedame über den Kopf.

»Aha.« Thomsen mustert ihn und das Tier mit gerunzelten Brauen.

»Ist Ihnen da vielleicht etwas aufgefallen?«, hakt er weiter nach.

»Nee, da nicht. Aber vormittags ist die Lady des Hauses in ihrem silbernen BMW abgerauscht und nicht mehr wiedergekommen.«

»Ist das so?«

»Ja, das ist so.«

»Und woher wissen Sie das so genau?«

»Sehen Sie das Fenster da? Das ist mein Küchenfenster. Da hab ich gefrühstückt, als sie weggefahren ist.«

»War ihr Mann bei ihr?«

»Nee. Ist er nie. Sie fährt ihren BMW, er seinen Aston Martin. So ist das immer.«

»Ach. Und diesmal kam sie nicht wieder?«

»Nee. Und er eigentlich auch nicht. Er fuhr am frühen Abend weg, kam dann wieder zurück und fuhr nochmals weg. Seitdem sind sie beide nicht wiedergekommen.«

»Das ist ja interessant.«

»Ja?« Der kahlköpfige Hundehalter scheint nun richtig aufzublühen. »Am Abend gabs dann noch eine Fortsetzung. Da kam ihr Lover . . .«

»Sie kennen Ihren Lover?«

»Na hörn Sie mal, der kommt doch jede Woche, immer wenn ihr Mann nicht daheim ist. Und die Vorhänge ziehen sie dann auch zu.«

»Also, der kam abends? Wann ungefähr?«

»Nach neun. Ich hab schon Fußball geguckt, als die Anschela Laut gegeben hat. Da stand er draußen und läutete sich die Finger wund.«

»Und dann?«

»Dann hab ich weiter Fußball geguckt. Als ich später mit der Anschela noch mal vor die Tür gegangen bin, war er wieder weg.«

»Beobachten Sie Ihre Nachbarn immer so genau?«

»Erst seit ich gekündigt worden bin. Seit zwei Monaten hab ich keinen Job mehr.«

Thomsen jubiliert innerlich. Der Typ ist ein Volltreffer. Wohnt gegenüber, ist arbeitslos und neugierig wie ein altes Waschweib.

Ralf Peters zieht das Werder Bremen T-Shirt, das ihm den Bauch hochgerutscht ist, wieder runter und sieht traurig auf den Pudel. »Und die Frau, die ist auch weg. Alles, was mir geblieben ist, ist meine Anschela.«

34

Sophie beobachtet den Mann mit dem markanten Kinn und den dunkelblonden Haaren, die deutlich länger sind, als man es bei einem Lehrer erwarten würde. Er wirkte zu Beginn des Gespräches bereits verstört, doch nun macht er einen geradezu fassungslosen Eindruck. Als ob die Eröffnung, dass seine Geliebte einen heimlichen Lover hatte, sein Weltbild völlig zum Einsturz gebracht hätte.

Anders Birger schwört Stein und Bein, nichts davon gewusst zu haben und es überdies auch nicht glauben zu können.

Sophie notiert sich das und sieht ihn anschließend mit einem eindringlichen Blick an.

»Es gibt da noch etwas, das ich Sie fragen muss: Schwören Sie auch Stein und Bein, dass Ihre Frau den gesamten Dienstagnachmittag und Abend bei Ihnen war?«

* * *

»Hast du gesehen, wie er bei deiner letzten Frage geschluckt hat«, fragt Svenja, nachdem sie das Vernehmungszimmer verlassen haben.

»Ja.«

»Ich wette, das war gelogen.«

»Denke ich auch.«

»Warum hast du ihn dann gehen lassen?«

»Weil ich glaube, dass bei ihm und seiner Frau zu Hause nun Krieg ausbrechen wird. Er weiß jetzt, dass sie Bescheid weiß – es immer schon wusste – und sie weiß, dass er es weiß. Also wie lange kann es dauern, bis deren Beziehungsfassade richtig tiefe Risse bekommt? Noch dazu, wenn die Kinder nicht da sind, deretwegen sie sich zusammenreißen müssten. Würde mich nicht wundern, wenn einer von beiden schon bald seine Aussage ändert.«

»Mann, ich hasse diese Dreiecksgeschichten«, stöhnt Svenja.

»Und ich erst«, stimmt Sophie zu. *So sehr, dass ich deshalb aus Berlin weggezogen bin*, setzt sie in Gedanken hinzu.

* * *

Im Großraum wartet eine Überraschung auf sie. Maike steht mit sonnigem Lächeln neben Jaspers Schreibtisch. Sophies Blick fällt auf die riesige Platte mit Käsekuchen, wo bereits ein Stück fehlt. Das erklärt Jaspers volle Backen.

»Ich hab Neuigkeiten«, platzt er heraus und spuckt Kuchenkrümel über den ganzen Tisch.

»Schluck erst mal runter, solange halten wir die Spannung noch aus«, weist Svenja ihn zurecht.

Sophies Magen knurrt und sie angelt sich ebenfalls ein Stück. Dieser Kuchen schmeckt so gut, dass sie unwillkürlich die Augen schließt, während sie kaut.

Maike nimmt Svenja zur Seite. Stolz präsentiert sie ihr einen Schlüssel.

»Hat er mir gestern gegeben! Hat endlich geklappt!«

»Gratuliere.« Svenja beginnt zu kichern. »Jetzt ist mir alles klar.«

»Hat er im Büro geschlafen?«

»Hat er.«

Maike kichert jetzt auch. »Da hat er sich wohl selbst bestraft.«

In diesem Moment schwingt die Glastür auf und Thomsen schneit voller Energie herein. Sein Gesicht hellt sich freudig auf, als er Maike entdeckt.

Sie eilt ihm mit strahlendem Lächeln entgegen.

»Bärchen! Ich hab dir ‘n Käsekuchen gebracht und ich dachte, ich koche heute Abend für uns beide. Das erste Mal bei dir zu Hause!« Sie schwenkt den Schlüssel wie eine Trophäe.

»Du bist die Beste«, antwortet er begeistert und küsst sie erleichtert. Nun hat er die Möglichkeit, ohne Gesichtsverlust ins Haus zu gelangen und den Reserveschlüssel an sich zu nehmen.

Nachdem Maike sich verabschiedet hat, versammelt er sein Team um den Besprechungstisch in seinem Büro.

»Ich hab echt tolle Neuigkeiten«, versucht Jasper es aufs Neue.

»Ich auch«, trumpft Thomsen auf. »Stellt euch vor, der Ole Granditz hat einen Nachbarn, der ihn und seine Frau den ganzen Tag beobachtet! Wir wissen jetzt, dass sie bereits Vormittag in ihrem BMW wegfuhr – und zwar allein – und nicht wiederkam.«

»Und wir wissen, wo sie hingefahren ist. Nämlich ins Einkaufscenter, um Abendgarderobe zu shoppen«, ergänzt Sophie.

»Mittagessen war sie auch«, setzt Svenja noch hinzu.

»Ja, und weil ihr mir das schon vor ein paar Stunden erzählt habt, habe ich veranlasst, dass eine Streife den Parkplatz des Einkaufscenters absucht«, verschafft sich Jasper nun endlich Gehör. »Und . . .«, er imitiert mit seinen Fingerkuppen auf dem Schreibtisch einen Trommelwirbel, ». . . Kajas silberner BMW wurde dort gefunden! Ein Kollege von der SpuSi ist bereits vor Ort und untersucht ihn. Er hat soeben angerufen. Auf den ersten Blick ist der Wagen völlig unauffällig.«

»Gut gemacht.« Thomsen legt ihm eine Pranke auf die Schulter.

»Wir brauchen unbedingt die Videoaufnahmen der Tiefgarage. Vor allem den Ein- und Ausfahrtsbereich«, sagt Sophie. »Und wir müssen feststellen, ob sie noch Gelegenheit hatte, ihre Einkäufe im Auto zu verstauen.«

»Ganz genau«, brummt Thomsen rundum zufrieden. Sowohl mit seiner privaten Situation als auch damit, dass nun endlich Bewegung in diesen Fall kommt.

»Jetzt fehlt uns nur noch dieser ominöse Sebastian«, ergänzt Sophie. »Konntest du über ihn auch etwas herausfinden?«

Jasper legt den Kopf schief. »Leider noch nichts Konkretes. Kaja Granditz' Anrufliste wurde uns mittlerweile übermittelt und ich konnte eine Nummer herausfiltern, die in den letzten zwei Wochen besonders oft angerufen wurde. Sie könnte zu diesem Sebastian gehören. Ich habe der Telefongesellschaft bereits eine Anfrage geschickt, aber noch keine Antwort erhalten.«

»Wenn die morgen früh immer noch ausständig ist, ruf ich dort persönlich an«, erklärt Thomsen. »Aber für heute ist Feierabend. Wir sehen uns morgen früh.«

Noch während er spricht, strebt er bereits auf den Ausgang zu.

Jasper beeilt sich, seinem Vorgesetzten zu folgen. Der Tag war lang und seine Mutti hat längst das Essen fertig.

Während Svenja noch ihre Unterlagen zusammenpackt, sieht Sophie sich suchend im Großraum um.

»Wo ist eigentlich mein Roller?«

»Keine Ahnung. Wo hast du ihn abgestellt?«

»Gleich hinter der Glastür.«

»Nun, da ist er nicht mehr«, bestätigt Svenja und sieht sich auch im restlichen Raum um. Als ihr Blick durchs Fenster fällt, geht sie überrascht ein paar Schritte näher ran.

»Hey, guck mal.« Sie deutet auf den Innenhof.

Sophie kommt der Aufforderung nach und traut ihren Augen nicht.

Ihr leuchtend gelber Pick-up steht da. Dass die Werkstatt ihn herbringt, wenn er fertig ist, wusste sie gar nicht. Überrascht von dem tollen Service, läuft sie die Treppen hinunter und reißt die Fahrertür auf. Der Schlüssel steckt und die Rechnung, die daneben liegt, ist überraschend gering ausgefallen.

Vergnügt schwingt sie sich auf den Fahrersitz und winkt Svenja zum Abschied zu. Den Roller kann sie genauso gut morgen suchen.

35

Auf dem Heimweg hält Sophie noch bei allen Touristenläden, die Frauke Dijkstra notiert hatte. In jedem einzelnen dieser Läden wird ihr bestätigt, dass eine langjährige, aber wenig umsatzstarke Geschäftsbeziehung zu Trine Balsters bestand. Darüber hinaus gab es aber keine persönlichen Kontakte, weswegen auch niemand etwas über die alte Trine zu erzählen wusste.

Vor Erschöpfung ist sie bereits bei den Nachrichten vor dem Fernseher eingenickt. Das Klingeln ihres Handys schreckt sie auf.

»Hi Alex«, seufzt Sophie noch etwas benommen. »Mann, bin ich erledigt.«

»Habt ihr denn so 'n Stress in eurem idyllischen Nordseekaff?«

»Kann man sagen. Jede Menge Stress – dafür null Durchblick. Ich hasse diesen Fall. Nichts ergibt einen Sinn und überdies erinnert er mich an die Kacke in Berlin.«

»Du meinst die Kacke mit Finn?«

»Ja. Wir haben hier 'nen verliebten Don Juan mit 'ner ahnungslosen Ehefrau, die in Wahrheit gar nicht ahnungslos war, und 'ner Geliebten, die irgendwie übrig blieb . . .«

»Du siehst Parallelen?«

»Ja und nein. Die Geliebte in diesem Fall war verheiratet und hatte sich außerdem noch einen zweiten Lover zugelegt.«

»Auch eine Möglichkeit, mit dieser Situation umzugehen«, blödelt Alex.

»Ja. Bloß eine mit tödlichem Ausgang.«

Sophie erhebt sich ächzend von der Couch und begibt sich in die Küche, um eine Flasche Rotwein zu entkorken. Dieses Thema schreit geradezu nach alkoholischer Unterstützung.

»Er fehlt mir. Immer noch.«

Ihre Versetzung nach Husum war in Wahrheit nichts anderes als eine Flucht aus ihrer Heimatstadt Berlin gewesen, wegen eines Mannes, von dem sie nicht ablassen konnte, solange er in ihrer Nähe war.

»Ich weiß, Liebes«, versucht Alex zu trösten. »Kopf hoch, es wird mit jedem Tag leichter. Wie läuft es mit Evando?«

»Theoretisch gut.«

»Und praktisch?«

»Praktisch bricht er morgen nach Seattle auf. Irgendein sechswöchiges Fortbildungsseminar.«

Sophie nimmt ein Glas aus dem Schrank, schenkt sich einen Rotwein ein und geht damit zurück zur Couch. Vorsichtig schiebt sie den kleinen Kater beiseite, um ihm nicht weh zu tun und lässt sich in die Kissen sinken.

»Das ist aber schade. Kannst du dich irgendwie anders ablenken? Vielleicht mit dem Halbbruder deines Kollegen?« Alex kichert.

Sophie stöhnt. »Du bist heute keine gute Freundin.«

»Doch, bin ich. Du hattest doch so viel Spaß mit ihm. Wie hieß er noch gleich? Arno?«

»Enno. Und der Spaß war zu Ende, als ich rausfand,

dass er Jaspers Halbbruder ist. Mann, war mir das unangenehm.« Trotzdem kann sie nicht verhindern, dass sich ein Schmunzeln auf ihrem Gesicht ausbreitet. Mit Enno hatte sie wirklich viel gelacht. Und seine leuchtend blauen Augen mit den verboten langen Wimpern haben sie noch tagelang verfolgt.

Sie seufzt.

»Genug von mir, erzähl mir lieber von Berlin.«

Gegen den Wind zu kreuzen kann einen schneller ans Ziel bringen, als mit dem Wind zu segeln

SAMSTAG

36

Mit einer Katze zu leben hat nicht nur Vorteile. Das anhaltende Maunzen weckt Sophie heute bereits kurz nach sechs.

Otello ist frühmorgens hungrig, egal wie viel sie ihm abends zu fressen gibt. Hartnäckig setzt er sein aufdringliches Betteln fort, bis die volle Futterschüssel für ihn bereitsteht. So kommt es, dass sie bereits um sieben Uhr im Büro eintrifft, wo sie Ruhe findet, um ihre Gedanken zu sortieren und die eingegangenen E-Mails durchzulesen.

Die Telefongesellschaft hat auf Jaspers Anfrage geantwortet und jenem ominösen Sebastian einen vollständigen Namen und eine Adresse samt Geburtsdatum verpasst: Sebastian Walch, neununddreißig Jahre alt, wohnhaft in der Asmussenstraße in Husum. Sie füttert den Computer mit seinen Daten und stellt überrascht fest, dass er vorbestraft ist. Wegen einer Körperverletzung, die sofort ihr Interesse weckt. Sie liegt zwar schon zehn Jahre zurück, gibt ihr aber dennoch zu denken.

Sie tippt seine Nummer ins Telefon und wartet.

»Walch«, meldet sich eine verschlafene Stimme nach dem fünften Läuten.

»Oberkommissarin Meerkatz aus Husum hier . . .« Sophie macht bewusst eine Pause, um zu sehen, wie ihr Gesprächspartner reagiert.

»Ja?« Er klingt ahnungslos, entspannt.

»Ich muss mit Ihnen über Kaja Granditz sprechen.«

»Ach, echt?« Die Stimme klingt nun aufgeschreckt. »Ich hab schon seit Tagen nichts mehr von ihr gehört. Hat sie mich angezeigt?«

Sophie runzelt die Stirn. Was ist das für eine seltsame Frage?

»Aus welchem Grund befürchten Sie das?«

»Ist mir schon mal passiert.«

»Aha. Herr Walch, es liegt derzeit nichts gegen Sie vor, wir wollen uns bloß mit Ihnen über Frau Granditz unterhalten. Können Sie um zehn Uhr Vormittag hier sein?«

»Erst mittags, ich habe einen Job. Ab zwölf kann ich in Pause gehen.«

Sie kann den Widerwillen, der sich nun bei ihrem Gesprächspartner aufgebaut hat, bei jedem einzelnen Wort spüren.

»In Ordnung.«

Sophie dreht gedankenverloren ihren Bleistift hin und her. Irgendwie war das Telefonat seltsam. Warum hätte Kaja ihn anzeigen sollen?

Svenja taucht auf und klopft an ihre offene Bürotür.

»Moin Moin.«

»Moin Svenja.« Sophie schmunzelt über sich selbst, weil ihr die nordische Art zu grüßen bereits in Fleisch und Blut übergegangen ist.

Auch Jasper schiebt sich hinter seiner Kollegin in den Raum.

»Moin Moin. Ist der Chef noch nicht da?«

»Du meinst *Bärchen*?« Svenja kichert hemmungslos.

»Der sieht heute sicher wieder wie aus dem Ei gepellt aus. Maike hat mir gesteckt, warum er die letzte Nacht im Büro verbringen musste. Das hängt alles mit dem Schlüssel zusammen . . .«, beginnt sie, als der Hauptkommissar plötzlich in voller Größe hinter ihr steht.

»Moin alle zusammen, um welchen Schlüssel geht es?«

»Ich sagte, dass der Sebastian Walch vermutlich der Schlüssel in diesem Fall ist«, springt Sophie für ihre Kollegin in die Bresche. »Die Telefongesellschaft hat seine Daten geschickt, und ich habe soeben mit ihm telefoniert.«

»Ah, sehr gut«, lobt Thomsen sonnig und strahlt seine Mitarbeiter an. »Gibts schon Kaffee?«

»Klar, Chef, kommt sofort«, zwitschert Svenja mit hochrotem Kopf. Hinter seinem Rücken formt sie mit den Lippen ein lautloses Danke für Sophie.

Nachdem alle mit frischem Kaffee rund um den Besprechungstisch versammelt sind, blickt Thomsen entspannt in die Runde.

»Was gibt es Neues über unser Schussopfer? So spannend Kaja Granditz' Privatleben auch ist, wir dürfen die alte Trine nicht vernachlässigen.«

Sophie holt Luft, um von ihrer gestrigen Befragung zu berichten, doch Svenja ist schneller.

»Das ist wie Fischen im Trüben«, motzt sie. »Niemand kann etwas über sie sagen. Das Umfeld von Kaja Granditz kennt sie überhaupt nicht. Deshalb denke ich, dass unsere beiden Mordopfer sich noch nie begegnet sind. Ansonsten ist bei der alten Trine alles so unauffällig, wie es nur sein kann. In ihrem Häuschen wohnte sie zur Miete, und diese wurde immer pünktlich bezahlt. Wie auch die Stromrechnung und alle anderen Gebühren für Müll, Heizung, Wasser und so weiter. Sie lebte sehr sparsam von ihrer kleinen Rente und so ging sich immer alles aus. Ihre Handtasche ist bisher nirgendwo aufgetaucht und ein Mobiltelefon hatte sie nicht.«

»Gibt es ein Testament?«, will Thomsen wissen. Oft war dort der erste Anhaltspunkt für ein Motiv zu finden.

»Bisher wurde keines gefunden, und bei den Notariaten liegt auch keines auf. Das habe ich gecheckt«, übernimmt nun Jasper. »Außerdem habe ich am Heimweg die Nachbarn aus dem Haus auf der anderen Straßenseite befragt. Die wussten überhaupt nichts über sie zu sagen, weil sie – ich zitiere – nicht an den Arsch der Welt gezogen wären, wenn sie Interesse an ihren Mitmenschen hätten.«

»Wunderbar«, grollt Thomsen. »Meerkatz?«

»Ich hatte auch keinen Erfolg. Die Ladenbesitzer wussten gerade noch, von wem ich sprach, aber mehr auch schon nicht.« Sophie zuckt lakonisch die Schultern. »So traurig es ist – niemand, wirklich niemand, hat sich für sie interessiert.«

»Außer ihr Mörder«, widerspricht Thomsen.

»Ich denke, nicht einmal der . . . kommt mir so vor, als hätte er sie bloß aus dem Weg geschossen . . .«

Thomsen zieht die Augenbrauen hoch und räuspert sich. »Okay, wechseln wir zu Kaja Granditz.«

Ein allgemeines Aufatmen ist die Folge.

»Ihr BMW wurde mittlerweile untersucht. Er ist total unauffällig«, berichtet Jasper. »Auf den ersten Blick kein Blut und keine Beschädigung. Er wird im Laufe des Tages noch genauer auseinandergenommen.«

»Und die Einkäufe?«, will Sophie wissen.

»Welche Einkäufe?«

»Die Abendkleider.«

Jasper schüttelt bedauernd den Kopf. »Es wurden weder Einkaufstüten noch Kleider gefunden. Auch keine

Handtasche, die sie zweifellos bei sich hatte, für Geldbörse, Handy und Schlüssel.«

»Vielleicht hat sie sich mit jemandem zum Mittagessen verabredet und ist mit ihm mitgefahren?«, stellt Svenja Vermutungen an.

»Das wäre möglich. Dieser Sebastian scheint mir ein guter Kandidat hierfür zu sein«, beteiligt sich Thomsen.

»Oder sie ging irgendwo zu Fuß hin. Es ist eine bewohnte Gegend«, überlegt Sophie.

»Hätte sie da nicht zuerst ihre Einkaufstüten im BMW abgestellt? Das wäre doch naheliegend«, wendet Svenja ein.

»Nicht, wenn sie die Kleider jemandem präsentieren wollte. Wo liegt eigentlich diese Asmussenstraße?« Sophie sieht ihre Kollegin fragend an.

»Mit Straßennamen bin ich nicht so gut.« Svenja öffnet Google Maps auf ihrem Handy um nachzusehen. »Oh! Die Asmussenstraße liegt bloß einen Katzensprung vom Einkaufscenter entfernt.« Sie zoomt so nahe heran wie möglich. »Seht mal hier, das sieht nach einer richtig feinen Apartmentanlage aus.«

Jasper grinst freudig von einem Ohr bis zum anderen.

»So nach und nach passt alles zusammen. Kaja Granditz spaziert mit ihrer Handtasche und den nagelneuen Kleidern zum Apartment ihres Liebsten und taucht nie wieder auf.«

»Für diese Wohnung möchte ich lieber heute als morgen einen Durchsuchungsbeschluss«, knurrt Thomsen, »und diesen Herrn Walch nehme ich mir höchstpersönlich vor.«

»Und ich besorge uns die Videoaufnahmen vom Einkaufscenter«, schlägt Jasper vor. »Speziell von der Garageneinfahrt und dem Eingangsbereich. Die sind sicher sehr hilfreich.«

»In Ordnung.« Thomsen nickt zustimmend. »So wirds gemacht. Was diesen Ehemann betrifft, Ole Granditz, gibts da was Neues?«

»Nee, leider nicht. Weder er noch sein Auto wurden irgendwo gesichtet«, berichtet Jasper.

»In diesem Fall schalten wir einen Gang hoch. Frag bei den Banken nach. Er muss ein Konto haben und bei seinem Lebensstil auch eine Kreditkarte. Vielleicht kommen wir ihm so auf die Spur. Irgendwo muss er ja stecken.«

»Und wir werden nochmal ausführlich mit Ida Hendersen sprechen«, ergänzt Sophie. »Vielleicht ist ihr noch etwas über Sebastian Walch eingefallen, das uns weiterhilft.«

Svenja nickt zustimmend. »Genau. Oder über Ole Granditz, den verschollenen Ehemann.«

37

Ida Hendersen sieht abgezehrt, blass und traurig aus. Mechanisch erfüllt sie ihre Gastgeberpflichten und schenkt heißen schwarzen Tee in moderne Porzellantassen.

»Sie war meine beste Freundin und sie fehlt mir schrecklich. Ihr Tod kommt mir so sinnlos vor, ich kann mir überhaupt keinen Reim darauf machen . . . wissen Sie inzwischen, warum sie gestorben ist?«

»Leider nein«, muss Sophie zugeben. »Je tiefer wir graben, desto mysteriöser wird dieser Fall. Der BMW Ihrer Freundin wurde am Parkplatz des Einkaufscenters gefunden. Unversehrt, jedoch ohne Einkaufstüten. Wir wissen mittlerweile, dass Sebastian Walch ein Apartment dort in der Nähe hat. Halten Sie es für möglich, dass Kaja nach dem Mittagessen zu ihm hinüberspaziert ist, um ihm die neuen Kleider zu präsentieren?«

»Ja, warum nicht? Wenn er Zeit hatte. Es würde zu ihr passen. Sie war wirklich Feuer und Flamme für ihn und hätte am liebsten jede freie Minute mit ihm verbracht.«

»Woran lag das, Ihrer Meinung nach?«

Ida nippt von ihrem Tee und verzieht die Mundwinkel zu einem traurigen Lächeln.

»Kennen Sie Ryan Gosling?«

»Nun ja, vom Kino . . .«

»Sebastian könnte ihn doubeln. Ich will damit sagen, ein Grund, warum Kaja so verknallt in den Kerl war, ist sein gutes Aussehen. Außerdem ist er noch jung, also noch keine vierzig und auch dementsprechend unersättlich.«

»Verstehe. Die beiden waren also frisch verliebt?«

»Möglich«, erwidert Ida. »Kaja sicherlich. Sie schwebte auf Wolke sieben.«

»Und Anders Birger? Wie ging er damit um, dass seine Seelenverwandte ihn plötzlich auf Abstand hielt?«

Ida legt den Kopf schief und denkt eine Weile nach.

»Nicht gut eigentlich. Er hat sie ständig zugetextet, obwohl er doch merken musste, dass sie ihm ausweicht.«

»Aber ein klärendes Gespräch zwischen den beiden gab es nicht, oder?«

»Nein. Nicht, dass ich wüsste.«

»Gut, dann sprechen wir über Kajas Ehemann«, wechselt Sophie das Thema. »Er ist seit der Tat verschwunden. Können Sie uns etwas über ihn erzählen?«

»Hm, ich hatte so gut wie keinen Kontakt zu ihm, also nicht mehr. Früher schon, aber auch nur zu ausgewählten Gelegenheiten.« Sie bläst vorsichtig über den heißen Tee, bevor sie daran nippt.

»Zum Beispiel?«, hakt Sophie nach.

»Kaja und ich waren schon befreundet, bevor sie Ole kennenlernte. Wir haben gemeinsam studiert und auch ungefähr zur gleichen Zeit bei der Schule als Lehrerinnen angefangen. Ich glaube, wir sind die einzigen dort, die keine Kinder bekommen haben und einfach gerne gelebt haben. Wir hatten immer wieder mal Beziehungen, aber unsere Freundschaft hat sie alle überlebt. Dann hat Kaja Ole kennengelernt, und er war richtig vernarrt in sie. Er hat alle Register gezogen, damit sie ihn heiratet. Hat sie total verwöhnt und ihr jeden Wunsch erfüllt. Sogar die Brustvergrößerung, die sie unbedingt haben wollte, hat er ihr bezahlt.«

»Haben Sie vielleicht ein Foto von ihm?«

»Nun, nicht wirklich ein aktuelles, aber von der Hochzeit schon.« Sie erhebt sich schwerfällig, schleppt sich zu einer Kommode und kramt eine Weile darin herum. Schließlich nimmt sie ein Kuvert heraus.

»Hier.« Sie blättert die Fotos auf den Tisch.

Das Brautpaar strahlt, insofern ist nichts auffällig. Der Ehemann sieht auch nicht übel aus. Er ist kleiner als Anders Birger und auch kein Abbild von Ryan Gosling, aber er überragt seine Frau um einige Zentimeter und ist weder alt, noch dick, noch hässlich. Sophie kann an dem Ausdruck in seinen Augen sehen, dass er völlig verschossen in seine Frischangetraute war.

»Wer ist das?« Sie zeigt auf ein Paar, das neben dem Brautpaar steht.

»Bruno, Oles Bruder. Mit seiner Frau Hanna.«

»Oh. Er hat einen Bruder?«

»Ja, der war sogar sein Trauzeuge.«

»Wo lebt er?«

»Auch hier in Husum. Quasi ums Eck von Kaja und Ole.«

»Ach.«

Sophie zieht ihr Handy aus der Tasche, um die besten Schnappschüsse der Granditz Brüder abzufotographieren.

»Können Sie mir etwas über den Bruder erzählen? Bruno, nicht wahr?«

»Ja, Bruno. Der lebt mit seiner Frau genauso zurückgezogen wie Ole und ist auch mindestens genauso reich. Ich weiß nur, dass er beruflich irgendetwas mit IT-Sicherheit zu tun hat. Kaja hat mal erzählt, dass er ihren Mann bei seiner Website unterstützt hat, mit der er so viel

Kohle scheffelt. Ole verkauft seine künstlerischen Möbelunikate in die ganze Welt. Kaja hätte überhaupt nicht arbeiten müssen. Sie hat es wirklich nur aus Leidenschaft gemacht.«

»Hatten Sie mit Ole oder seinem Bruder seit Kajas Tod irgendeinen Kontakt?«

»Nein. Vorher nicht und seitdem auch nicht. Wie gesagt, die leben sehr zurückgezogen.«

»Danke, Frau Hendersen.«

38

Thomsen wartet bereits gespannt auf den zweiten heimlichen Liebhaber jener Frau, deren Tod er heute aufzuklären gewillt ist.

Wer, wenn nicht jener Sebastian kommt als Täter infrage? Seine Wohnung liegt gleich neben dem Einkaufszentrum, also hätte Kaja Granditz die Möglichkeit gehabt in wenigen Minuten hinüberzuspazieren.

Dort könnte die Situation zwischen den beiden aus den verschiedensten Gründen eskaliert sein. Vielleicht wusste er nichts von Liebhaber Nummer Eins?

Sebastian Walch wirkt ein wenig irritiert, als Thomsen ins Vernehmungszimmer tritt.

»Was ist hier los, bin ich verhaftet? Ihre Kollegin, die mich angerufen hat, meinte nur, sie will sich mit mir über Kaja unterhalten. Das allein ist schon seltsam, ich meine, wozu soll das gut sein?«, sprudelt es nur so aus ihm heraus.

Thomsen nimmt ihm gegenüber Platz und sieht ihn aufmerksam an.

»Herr Walch, lesen Sie keine Zeitung?«

»Nee, tu ich nicht. Steht doch nur Scheiß drinnen, ich

leb viel entspannter ohne.«

»Aha. Und wovon leben Sie?«

»Ich bin Statiker, bei 'ner Baufirma. Klees und Co. Schon seit über fünf Jahren.«

»Meine Kollegin hat sich notiert, dass Sie danach fragten, ob Kaja sie angezeigt hat. Natürlich haben wir dann im Register nachgesehen, und eine Verurteilung wegen Körperverletzung und sexueller Nötigung gefunden.«

Walch verdreht genervt die Augen.

»Oh Mann, nicht das schon wieder. Es besteht kein Grund, die ollen Kamellen wieder auszupacken.«

»Sie haben doch selbst die Sprache darauf gebracht. Haben Sie Kaja geschlagen?«

»Nein, natürlich nicht.«

»Vergewaltigt?«

»Auch nicht! Das ist doch einfach nur Bullshit. Ich weiß doch selbst nicht, was los ist. Von einem Moment auf den anderen hat sie mich fallen lassen. Beantwortet meine Mails nicht mehr und hebt nicht mehr ab, wenn ich anrufe. Stattdessen hetzt sie mir die Bullen auf 'n Hals. Ich kapier das nicht. Können diese verdammten Tussen 'ne Affäre nicht ganz normal beenden?«

»Wann haben Sie Kaja Granditz zuletzt gesehen?«

»Am Montag. Abends. Sie kam zu mir und wir . . . moment mal, diese Frage, das klingt wie . . . verdammt noch mal, ist ihr etwas zugestoßen? Ist sie tot?« Walch springt so impulsiv auf, dass sein Stuhl nach hinten kracht.

Thomsen verzieht das Gesicht und nickt widerwillig.

»Sie wurde tot aufgefunden.«

Walch wird leichenblass, schwankt und muss sich an der Tischkante festhalten.

»Dann hat sie mich vielleicht doch geliebt, so wie sie es

gesagt hat . . .«

»Vielleicht«, gesteht Thomsen zu. Vielleicht ziehst du hier auch bloß die Show deines Lebens ab, denkt er bei sich. Geht ja um was.

»Wo waren Sie am Dienstag? Ab Mittag?«

»Arbeiten.« Walch stellt seinen Stuhl wieder auf und lässt sich darauf sinken. »Wie jeden Tag. Kaja sagte, sie wolle mich mittags in meinem Apartment treffen, deshalb ging ich nicht mit den Kollegen essen, sondern fuhr heim. Aber sie tauchte nicht auf. Ich schickte Nachrichten, aber die guckte sie nicht an. Ich rief an, aber sie hob nicht ab. Ich dachte, sie hätte sichs anders überlegt . . .«

Er starrt nun gedankenverloren auf den Tisch vor ihm.

»Warum dachten Sie das? Weil Sie grob waren?«

»Nein.«

»Sie wurden aber schon mal grob bei einer Trennung. Die Frau damals brauchte 'ne Behandlung im Krankenhaus.«

»Das ist gelogen.«

»Das denke ich nicht. Immerhin wurden Sie deswegen verurteilt. Wegen Körperverletzung und sexueller Nötigung an Britta Emersen.«

»Es ist trotzdem gelogen. Britta war es, die die Trennung nicht verkraftete. Ich war der Schuldige in ihren Augen, weil ich etwas mit einer anderen angefangen hatte. Das hat sie mir heimgezahlt. Mit voller Absicht. Sie hat mich auf dem Heimweg abgepasst und sich vor meinen Augen selbst verletzt. Plötzlich hatte sie ein Messer im Bauch, und ich rief die Rettung. Kaum war sie im Krankenhaus, klickten bei mir schon die Handschellen. Zwei Jahre war ich weggesperrt, für nichts.«

»Ach ja? Ich entnehme Ihrem Akt, dass sie geständig waren und Reue gezeigt haben, andernfalls hätte man sie auch nie so früh wieder entlassen.«

»Bravo, Herr Kommissar. Genauso wars. Hatte mir mein Anwalt eingetrichtert. Sagte, ich lande ansonsten für viele Jahre im Knast.«

»Sie bleiben also bei Ihrer Aussage, Kaja keine Gewalt angetan zu haben und sie seit Montagabend nicht mehr gesehen zu haben?«

»Ja! Ich werde nie wieder etwas gestehen, das ich nicht getan habe. Ich mochte sie. Ich meine, wir haben uns super verstanden. Sie war verrückt nach mir und ich nach ihr . . . Wie konnte ich nur an ihr zweifeln?«

39

Bei der Rückkehr in sein Büro findet Thomsen sein Team mit vollen Kaffeetassen rund um seinen Besprechungstisch versammelt vor. In der Mitte liegt ein Plakat, auf dem Svenja die ausgedruckten Fotos sämtlicher Beteiligten mit Klebeband befestigt.

»Es werden immer mehr Verdächtige statt weniger«, stöhnt sie.

»Diesen Sebastian kannst du gleich mit auf die Liste setzen. Der markiert zwar den Unschuldigen, aber ich glaube ihm nicht. Haben wir schon den Beschluss, dass wir seine Wohnung durchsuchen dürfen?« Thomsen sieht Jasper auffordernd an.

»Erlaubt er es nicht freiwillig, wenn er doch so unschuldig ist?«, kontert der Jüngere.

»Keine Chance. Er behauptet, er könne dem System nicht mehr vertrauen, weil er mit Hilfe der Polizei von 'ner Tussi reingelegt wurde.«

Sophie räuspert sich mit vorwurfsvollem Blick.

»Seine Worte, nicht meine«, grinst Thomsen.

»Dann frage ich gleich mal nach, bevor ich ins Einkaufscenter fahre«, erklärt Jasper und begibt sich zu seinem Schreibtisch.

Thomsen nickt ihm zufrieden hinterher. Dann wendet

er sich seinen Kolleginnen zu.

»Und ihr beide?«

»Wir werden mit den Angestellten der Bekleidungsgeschäfte sprechen und mit den Kellnern des Restaurants, in dem Kaja zuletzt gegessen hat.«

»Und du, Chef?«, wagt es Svenja nachzufragen.

»Ich leiste dem Herrn Walch Gesellschaft, während wir auf den Beschluss warten. Vielleicht fällt ihm doch noch ein Geständnis ein. Ansonsten werden wir uns vertiefend über seine Vorstrafen unterhalten.«

* * *

Das Einkaufscenter am Hafen bietet eine gute Auswahl für jene, die sich gerne in immer neuen Klamotten präsentieren. Während Jasper die Security-Mitarbeiter des Gebäudekomplexes aufsucht, halten Sophie und Svenja nach luxuriösen Damenboutiquen Ausschau.

»Sieh mal.« Svenja deutet auf ein Schaufenster, hinter dem ein silberfarbenes Abendkleid mit Pailletten gekonnt um eine viel zu dünne Puppe drapiert ist. »Ich denke, wir können hier beginnen.«

Das sanfte Ding-Dong, das ihr Eintreten begleitet, ruft sogleich die geschäftstüchtige Ladenangestellte auf den Plan.

»Moin Moin, wie kann ich Ihnen helfen?«

»Mit einer Auskunft«, erwidert Sophie lapidar und zückt ihren Ausweis.

»Oh. Sie sind von der Polizei. Nun, ich denke nicht, dass ich befugt bin . . .«

»Unsere Fragen zu beantworten? Ich kann Sie

beruhigen, Sie sind nicht nur dazu befugt, Sie sind sogar dazu verpflichtet. Wie alle anderen Staatsbürger auch.«

»Ja, dann . . . was wollen Sie denn wissen?«

»Kennen Sie Kaja Granditz?«

»Natürlich. Sie ist schon lange Kundin bei uns.«

»Wann war sie das letzte Mal da?«

»Lassen Sie mich überlegen. Am Mittwoch vielleicht?«

»Eher nicht.« Svenja schüttelt verneinend den Kopf.

»Dann war es Dienstag. Ja, genau. Dienstag. Sie kaufte zwei Kleider und nahm sie gleich mit. Meistens lässt sie sie liefern. Jetzt, wo Sie fragen, fällt es mir wieder ein. Da war ein seltsamer Vorfall. Am Dienstagabend brachte eine andere Kundin die beiden Kleider zurück. Sie sagte, sie hätte sie in der Garage gefunden.«

»Ach. Ist so etwas schon mal vorgekommen?«

»Nein. Seit ich hier arbeite noch nie.«

»Und wie haben Sie reagiert?«

»Ich habe Frau Granditz angerufen, aber sie nicht erreicht und ihr deshalb auf die Mailbox gesprochen. Am nächsten Tag habe ich die Kleider liefern lassen.«

»Was war Ihre Vermutung, warum lagen die Kleider in der Garage?«

»Nun, sie lagen nicht auf dem Boden, sondern die Tüten mit den Kleidern wurden offenbar in der Garage vergessen. Wahrscheinlich hatte sie viele Dinge ins Auto zu packen . . .«

»Wo genau hat die Kundin die Tüten denn gefunden?«

»Das weiß ich nicht.«

»Dann kontaktieren Sie bitte diese Dame für uns, denn das müssen wir unbedingt wissen.«

Besagte Kundin erklärt sich sofort bereit, der Polizei zu helfen und verspricht, in einer halben Stunde da zu sein.

Sophie schlägt vor, die Wartezeit sinnvoll zu nutzen und das Personal im Spezialitätenrestaurant *Njörd* nebenan zu befragen.

»Das können wir mit einem netten Imbiss verbinden«, freut sich Svenja.

Von den anwesenden Kellnerinnen ist eine dabei, die auch am Dienstag Dienst hatte.

»Ich erinnere mich an sie«, erklärt sie, nachdem Sophie ihr ein Foto gezeigt hat. Eines, das Ida Hendersen ihr freundlicherweise per E-Mail geschickt hat und auf dem Kaja richtig gut aussieht. »Sie kam öfters, hatte immer viele Einkaufstaschen dabei und gab gutes Trinkgeld.«

»Ist Ihnen irgendetwas Besonderes an ihr aufgefallen? War sie am Dienstag anders als sonst?«

»Nein, gar nicht. Sie war entspannt. Hat sich mit ihrem Handy beschäftigt und ihr Essen genossen.«

»Ist Ihnen sonst etwas aufgefallen? Irgendetwas?«

»Ja, da war ein Mann. Der war mir irgendwie unheimlich. Der hat sie die ganze Zeit angestarrt.«

»War er auch Gast im Restaurant?«

»Nein. Der stand gegenüber und wartete. Ich glaube, sie hat ihn gar nicht bemerkt. Sie saß mit dem Rücken zu ihm und war in ihr Handy vertieft. Aber als sie ging, war er plötzlich auch weg.«

»Er ging ihr hinterher?«

»Vielleicht. Ich weiß es nicht. Ich habe andere Gäste bedient. Er war dann jedenfalls nicht mehr da.«

»War es dieser Mann?« Sophie zeigt auf ihrem Handy das Foto von Anders Birger.

Die Kellnerin zuckt die Schultern. »Ich weiß nicht. Er hatte so ‘ne Baseballkappe auf. Und zwar richtig tief ins Gesicht gezogen.«

»Oder eher der?« Sophie versucht es nun mit einem Foto von Ole Granditz.

Die Kellnerin verzieht die Mundwinkel. »Hm, wie ich schon sagte . . .«

»Oder vielleicht der?« Sophie wischt über ihr Handydisplay, bis das Foto von Sebastian Walch erscheint.

»Oh wow! Ist das Ryan Gosling?«

Sophie steckt frustriert das Handy wieder weg.

»Haben Sie etwas mit Shrimps?«

Die Ermittlerinnen genießen gerade den letzten Rest ihres Meeresfrüchtesalats, als die Verkäuferin der Boutique anruft, um mitzuteilen, dass die Kundin nun eingetroffen ist.

»Danke, wir sind gleich bei Ihnen«, erklärt Sophie, notgedrungen mit vollem Mund.

»Entweder ist die besonders ehrlich oder besonders dämlich«, mutmaßt Svenja. »Oder stinkreich. Was denkst du, wie viele Frauen würden so teure Kleider ins Geschäft zurückbringen, wenn sie diese in der Garage finden?«

Es stellt sich heraus, dass Frau Adele Niewitzky nicht nur besonders wohlhabend, sondern auch besonders umfangreich ist. In die Kleider der Toten hätte sie mit der Hälfte ihres Gewichts kaum hineingepasst.

»Danke, Frau Niewitzky, für Ihre Bereitschaft uns zu helfen«, sagt Sophie und reicht ihr die Hand. »Bitte zeigen Sie uns, wo genau Sie die Tüten mit den Kleidern gefunden haben.«

»Im Untergeschoss.« Sie geht voraus und ruft den Fahrstuhl. Unten angekommen, öffnet sie die Tür, zum Parkdeck und führt die Ermittlerinnen in eine Nische, die für zwei Autos vorgesehen ist.

»Gleich hier.«

Sophie erkennt sofort den rechten Parkplatz als jenen, wo Kajas BMW gefunden wurde.

»Hier ist eine Tüte gelegen und dort drüben die

zweite.« Frau Niewitzky deutet auf die Begrenzungsmauer des rechten Parkplatzes.

»Was war ihr Eindruck? Wurden sie dort abgestellt, oder sind sie vergessen worden?«

»Nun, sie waren umgestürzt und nicht sorgfältig an die Wand gelehnt. Auf mich wirkte es eher so, als ob sie umgefallen wären. Ist dieser Kundin denn etwas zugestoßen?«, fragt sie nun neugierig.

»Kann man so sagen.«

40

Thomsens sonniges Wesen ist wieder seiner gewohnten Bärbeißigkeit gewichen. Die Schuld daran gibt er Sebastian Walch, der eine völlig unangebrachte Sturheit an den Tag legt. Nicht und nicht will er den Mord an seiner Geliebten gestehen, obwohl Thomsen ihm das bereits mehrmals nahegelegt hat.

Um den letzten kümmerlichen Rest seiner guten Laune nicht auch noch zu verlieren, entscheidet er sich, einen kurzen Spaziergang einzulegen. So eine kleine Auszeit, verbunden mit einem kleinen Pils, hilft nicht nur ihm beim Erarbeiten einer ausgeklügelten Vernehmungstaktik, sondern auch seinem Verdächtigen – um sich auf die Wahrheit zu besinnen.

Gerade als er überlegt, ob nicht ein weiteres Pils der Angelegenheit förderlich wäre, beordert ihn Svenja telefonisch wieder zurück.

»Bald habe ich den feinen Herrn Walch weich gekocht«, trumpft Thomsen auf, nachdem sie wieder am Besprechungstisch Platz genommen haben. »Ich warte bloß noch auf den Durchsuchungsbeschluss für sein Apartment. Wenn wir dort die Kleider finden . . .«

»Chef«, unterbricht Svenja, »die wurden bereits gefunden, und zwar in der Tiefgarage vom Einkaufscenter.«

Thomsens Mund klappt auf, als ob er etwas sagen will,

doch dann kommt nichts heraus.

Jasper füllt die Lücke.

»Mit den Videos war ich richtig erfolgreich. Ich habe sämtliche Aufnahmen vom Dienstag erhalten.«

»Und auch schon angesehen?«, will Svenja wissen.

»Ja, eines. Aber das war bereits super aufschlussreich. Und zwar von der Einfahrt zur Tiefgarage. Laut Zeitstempel ist Kaja Granditz mit ihrem silbernen BMW um 10:14 eingefahren und gleich hinterher der rote Opel Kadett. Da hatte er noch die Kennzeichen. Allerdings ist der Mann am Steuer nicht zu erkennen, weil er eine Kappe tief ins Gesicht gezogen hat.«

»Wow! Das deckt sich mit der Aussage der Kellnerin, der jemand mit einer Schirmkappe aufgefallen ist. Außerdem gibt es noch jemanden, mit dem wir dringend sprechen müssen. Ole Granditz hat nämlich einen Bruder. Bruno Granditz. Der wohnt nur einen Steinwurf von ihm entfernt.« Sophie reicht Svenja einen Computerausdruck mit dem entsprechenden Porträt für ihre Pinnwand.

»Hmm«, brummt Thomsen, »Bruno und Ole Granditz . . . irgendwas klingelt da bei mir.«

»Die klingen wie ein Regie-Duo«, blödelt Svenja. »*Blutige Schatten*, der neueste Thriller von Bruno und Ole Granditz.«

Jasper kichert.

Thomsen nimmt überhaupt keine Notiz von den beiden. »Granditz, Granditz . . . ich komm nicht drauf. Hintergrund wurde gecheckt?«

»Klar, Chef, also der von Ole Granditz. Sowie wir ihn am Radar hatten. Nichts, rein gar nichts Auffälliges. Ein Musterbürger mit weißer Weste.«

»Und Bruno?«

»Mach ich sofort, Chef.« Jasper erhebt sich diensteifrig, um sich zu seinem Computer zu begeben.

»So, wie ich das sehe, haben wir eine ganze Reihe von Verdächtigen«, fasst Sophie nun für ihren Vorgesetzten zusammen, während Svenja das Foto von Bruno Granditz neben dem von seinem Bruder anpinnt.

»Nummer Eins: Ole Granditz. Statistisch gesehen liegt er als Ehemann vor seinen Konkurrenten klar im Vorteil. Außerdem hat er ein Motiv und ist möglicherweise auf der Flucht.

Nummer Zwei: Sebastian Walch, der aktuelle Lieblingslover. Seine Wohnung liegt ganz in der Nähe vom Einkaufscenter, wo Kaja zuletzt lebend gesehen wurde – und er ist einschlägig vorbestraft.

Nummer Drei: Anders Birger, der Langzeitliebhaber, der eben erst aufs Abstellgleis gerutscht ist.

Nummer Vier: Birgers Ehefrau, die von dieser Affäre wusste, und sie längst satthatte. Möglicherweise hat sie mitgekriegt, dass ihr Mann nun aufs Ganze gehen wollte. Laut Ida Hendersen wollte er Nägel mit Köpfen machen und seine Frau verlassen. Vielleicht hat sie das gespürt.«

»Immer diese Beziehungskisten«, echauffiert sich Thomsen. »Alle betrügen sich gegenseitig. Ich trau mich wetten, wenn diese Kaja ihrem Mann treu geblieben wäre, würde sie sich jetzt noch ihres Lebens erfreuen!«

»Äh . . .«, macht Svenja und auch Sophie schaut verblüfft auf.

»Soll heißen, das Opfer war selbst schuld? So wie ein Vergewaltigungsopfer, das einen Mini-Rock trug?«, fragt Sophie spitz.

»Natürlich nicht, und ich verurteile das ja auch nicht moralisch«, rudert Thomsen nun angestrengt retour. »Ich meine ja nur, dass ein gewisses promiskuitives Verhalten offenbar die Chancen erhöht, zum Opfer eines Verbrechens zu werden. Das könnt ihr doch nicht abstreiten.«

Svenja starrt ihn empört an, doch Sophie grinst. »Du willst sagen, dass man länger und sicherer lebt, wenn man sexuell zurückhaltender ist?«

»Ganz genau, Meerkatz. Jetzt hast du's geschnallt.«

»Das also ist der Grund, warum die alte Trine achtzig wurde, bevor sie sich eine Kugel einfing. Wäre sie sexuell aktiv gewesen . . .«

»Schon gut, schon gut«, murrt Thomsen, als Svenja ungeniert loskichert. »Ausnahmen gibts schließlich immer . . .«

Jasper kommt retour und setzt sich wieder. »Hab ich was verpasst?«

»Nee.« Svenja kichert immer noch.

»Eventuell gibts noch 'ne Nummer fünf. Nämlich dann, wenn der Stalker mit der Baseballkappe keiner von denen war, sondern ein völlig anderer«, bringt Sophie das Gespräch wieder auf fachliches Terrain zurück.

»Logisch«, stimmt Jasper zu. »Über Bruno Granditz habe ich nichts im Zentralregister gefunden. Seine Adresse habe ich ausgedruckt.«

»Danke. Den werde ich mir als Nächstes vornehmen. Wer hat Lust, mich zu begleiten?« Thomsen sieht auffordernd in die Runde.

Sophie will sich gerade melden, doch das Klingeln ihres Diensthandys lenkt sie ab.

Das Display zeigt eine externe Nummer an. »Oberkommissarin Meerkatz . . . ja . . . selbstverständlich können Sie mir das auch am Telefon sagen. Aha . . . alles klar. Ich muss Sie trotzdem bitten, zu uns auf die Dienststelle zu kommen, um das formell festzuhalten. Jaja, wir leiten Schritte ein.«

Als sie auflegt schaut sie in drei gespannte Augenpaare.

»Das war Erika Birger. Anders Birgers Alibi ist soeben geplatzt!«

41

Anders Birger ist auf seine Festnahme nicht im Geringsten vorbereitet. Er sitzt in Jogginghosen in einem Gartenstuhl und frönt dem Biergenuss, als die Beamten, die geschickt wurden, um ihn abzuholen, ihn auffordern, mitzukommen.

Währenddessen gibt Erika Birger bei Sophie zu Protokoll, dass ihr Ehemann am Dienstagabend kurz nach einundzwanzig Uhr das Haus verließ und erst kurz vor zweiundzwanzig Uhr wiederkam. Sie erklärt, sie habe ursprünglich seine Angaben bestätigt, weil sie an seine Unschuld glaubte. In den letzten Tagen musste sie jedoch eine so tiefgreifende Verhaltensänderung ihres Gatten miterleben, dass sie nun das Gefühl habe, ihn nicht mehr zu kennen. Sie könne nicht ausschließen, dass es das schlechte Gewissen ist, das ihn in den Abgrund treibt.

Als Sophie anschließend das Vernehmungszimmer betritt, in dem Birger bereits seit einer Weile auf sie wartet, fällt ihr als Erstes der eklige Mief auf. Es stinkt wie in einer billige Kneipe, in der man auf das Lüften verzichtet hat. Sophie betrachtet den großen schlanken Mann, der seit ihrem letzten Gespräch einiges an Attraktivität eingebüßt hat. Ehemals sportlich, wirkt er nun ausgezehrt.

Augenscheinlich hat ihm etwas den Appetit verdorben. Trauer, Schuld, Reue oder nagende Unwissenheit. Oder die Streitereien zu Hause, die offenbar eskaliert sind.

In seinem derzeitigen Zustand lässt sein Blick jegliche Fokussierung vermissen und Sophie ist sich nicht sicher, ob Birger überhaupt vernehmungsfähig ist. Sie möchte es jedoch versuchen, weswegen Jasper an ihrer Seite bleibt, um ihr Rückhalt zu geben.

»Herr Birger, Sie müssen uns nicht anlügen«, beginnt Sophie einfühlsam. »Wir wissen, dass Sie am Dienstagabend vor Kajas Haus waren. Das können Sie ruhig zugeben. Es ist schließlich nicht verboten, bei der Frau, die man liebt, aufzutauchen und nachzufragen, warum man plötzlich ignoriert wird.«

»Es ist doch logisch, dass ich wissen wollt, warum sie mich auf einmal abserviert, oder? Sie sollte mir einfach sagen, was Sache ist. Hat sie aber nicht gemacht. Ich hab geklingelt und geklingelt, aber sie machte nicht auf.«

Seine Zunge stößt sich bei jedem einzelnen „s“ und sein Blick geht ins Leere. Sophie entschließt sich, zum Angriff überzugehen.

»Warum hatten Sie da Ihre Kappe nicht auf?«

»Was für ‘ne Kappe? Bin ich Captain Blaubär oder was?«

»So ‘ne Baseballkappe, die tragen Sie doch öfters, oder?«

»Nee. So ‘n Ding hab ich gar nicht. Nehm ich auch immer meinen Schülern von den Köpfen, wenn die damit im Unterricht sitzen.«

»Und Ihre Frau, wo war die? Am Dienstagvormittag?«

»Vormittag? Wieso plötzlich Vormittag? Ich dachte, Kaja starb am Abend . . .«

»Beantworten Sie einfach die Frage.«

»Okay, okay. Einkaufen, glaube ich.«

»Wo?«

»Wahrscheinlich wo sie immer einkauft, beim Aldi in unserer Straße.«

»Fährt sie ab und zu auch ins Einkaufscenter am Hafen?«

»Denke schon, wenn sie Klamotten braucht oder Bettwäsche oder so was.«

»Und am Dienstag, war sie da dort?«

»Keine Ahnung, ich hab im Garten gearbeitet. Sie sagte, sie fährt einkaufen. Da hab ich doch nicht nachgefragt wohin.«

»Hat sie das Auto genommen?«

»Logisch. Ist 'ne lange Straße und 'n weiter Weg um die vollen Tüten zu schleppen . . .«

»Warum haben Sie uns bei Ihrer ersten Befragung angelogen?«

»Ich wollt einfach nicht, dass Sie denken, ich wärs gewesen . . .«

Sophie wirft Jasper einen Blick zu, der ihm bedeutet, hier die Stellung zu halten, während sie den Raum verlässt.

Draußen auf dem Gang lehnt sie sich für einen Moment an die kühle Wand.

Nun ist eingetreten, was sie prophezeit hat. Das Ehepaar Birger geht sich gegenseitig an die Kehle. Beide haben sie gelogen, und beide aus unterschiedlichen Gründen. Nur weil Erika Birger jetzt aufhört, ihren Mann zu schützen, muss das nicht automatisch bedeuten, dass er ein Mörder ist.

Mittlerweile deutet alles darauf hin, dass Kaja Granditz im Einkaufscenter überfallen und überwältigt worden ist. Und zwar mittags, nachdem sie im *Njörd* essen war. Erika Birger war mit dem Familienauto, einem Renault Espace unterwegs. Anders Birger war angeblich zu Hause. Im

Garten. Hätte er die Zeit nutzen können, um Kaja im Einkaufscenter aufzulauern? Nur wenn er zu diesem Zeitpunkt den roten Opel Kadett bereits in seinem Gewahrsam hatte.

Dieses Auto ist der Schlüssel. Der Täter hat es im Morgengrauen an sich gebracht, in dem er die alte Trine angehalten, zum Aussteigen gezwungen und anschließend erschossen hat.

Das ist der einzig mögliche Zusammenhang zwischen den Fällen. Trine Balsters musste sterben, weil jemand ihr Auto brauchte, um damit Kaja Granditz zu verfolgen.

Das ist wirklich traurig. Aber die Videos aus dem Einkaufscenter sind eindeutig – soweit es den Opel betrifft. Hinsichtlich des Fahrers oder der Fahrerin sind die Aufnahmen viel zu ungenau. Jeder oder jede der bisherigen Verdächtigen könnte hinter dem Steuer gesessen haben. Sophie atmet tief durch und geht wieder ins Vernehmungszimmer zurück.

»Herr Birger, wo waren Sie und Ihre Frau am Dienstagmorgen zwischen sechs und sieben Uhr?«

42

»Hoffentlich ist der Bruder von Ole Granditz zu Hause. Ich muss endlich mit jemandem von der Familie sprechen. Die Frau ist seit einer Woche tot und wir haben noch nicht mit einem einzigen Angehörigen gesprochen«, beschwert sich Thomsen, während er seinen Landrover durch den Stadtverkehr lenkt.

»Das liegt auch daran, dass Kaja, außer ihrem Ehemann, keine Angehörigen mehr hat. Laut Standesamt sind die Eltern bereits verstorben und Geschwister gibt es keine«, bemerkt Svenja. »Die Menschen, die ihr am nächsten standen, waren ihre beste Freundin und ihre beiden Liebhaber. Auch wenn einer der beiden vielleicht ihr Mörder ist.«

»Hmm«, brummt Thomsen, »ich hoffe trotzdem, dass wenigstens ihr Schwager zu Hause ist.«

Auch Bruno Granditz‘ Villa ist eine Augenweide. Mit den vielen riesigen Glaselementen wirkt sie sogar noch imposanter als die seines Bruders. Rechter Hand verläuft eine gepflasterte Einfahrt zu einer Doppelgarage, links wurde ein moderner Springbrunnen errichtet, der dem Anwesen eine edle Note verleiht. Mittig gelangt man zur Eingangstür.

Nach mehrmaligem Läuten sind tatsächlich Schritte zu vernehmen. Der Mann, der öffnet, sieht längst nicht mehr so jung und vital aus wie auf dem Foto, das auf der Hochzeit aufgenommen wurde. Ganz im Gegenteil, er wirkt müde und erschöpft und sein linkes Auge ist blutunterlaufen.

»Herr Bruno Granditz?«

»Ja, Sie wünschen?«

»Ich bin Hauptkommissar Thomsen, das hier ist meine Kollegin Kommissarin Tades. Ich habe schlechte Neuigkeiten. Können wir uns drinnen unterhalten?«

Als Antwort zieht Granditz die Tür weit auf und ermuntert die Ermittler mit einer Geste einzutreten.

»Wollen Sie Tee?«

»Ja, bitte. Sehr freundlich«, sagt Svenja schnell, bevor ihr Chef das Angebot ausschlagen kann.

Sie warten, bis der Tee am Tisch steht und Granditz sich zu ihnen setzt.

Thomsen räuspert sich.

»Es geht um Ihre Schwägerin, Kaja Granditz. Sie wurde leider am Dienstagabend tot aufgefunden.«

»Oh mein Gott . . . das ist schrecklich.«

»Ja. Mein Beileid. Wissen Sie, wir suchen Ihren Bruder. Zu Hause ist er nicht, und die Telefonnummer, die wir von ihm haben, ist schon seit Tagen nicht erreichbar.«

»Ja, er ist schon seit einer Woche verreist. Er fliegt immer wieder rauf nach Finnland, wegen dem Holz, das die dort haben. Er findet auch die Tischlerkunst der Finnen inspirierend.«

»Können Sie ihn erreichen?«

»Ich werde es probieren. Jetzt ärgere ich mich, dass ich ihn nicht gefragt habe, in welchem Hotel er absteigen wollte.«

»Nächtigt er nicht jedes Mal im gleichen?«, will Svenja

wissen.

»Nein, nein. Er sieht sich immer neue Regionen an. Aber wenn er sich meldet, werde ich ihn sofort bitten, Sie zu kontaktieren. Haben Sie eine Karte?«

Thomsen zupft eine aus seiner Jackentasche und schiebt sie über den Tisch.

»Ich muss auch Sie fragen, wo Sie am Dienstag um die Mittagszeit waren.«

Granditz kratzt sich am Kinn.

»Wo ich immer bin. In meiner Firma. Da bin ich jeden Tag von sechs bis 15 Uhr. Ich bin Frühaufsteher. Meine Mitarbeiter kommen erst um sieben.« Er reicht dem Kommissar nun seinerseits eine Visitenkarte mit den Firmenkontaktdaten. »Nur zu, prüfen Sie es nach.«

Die Ermittler stellen nun abwechselnd Fragen über die Beziehung zwischen Kaja und Ole, und Svenja scheut sich auch nicht, das Thema Liebhaber anzusprechen. Doch Bruno Granditz versprüht diesbezüglich eine beinahe abgehobene Gelassenheit. Kaja und Ole hätten eine offene Ehe geführt, trotzdem wären sie einander in Liebe verbunden gewesen.

»Sie meinen, es war Ihrem Bruder egal, dass seine Frau sich auch mit anderen Männern vergnügte?«, hakt Thomsen noch mal ganz konkret nach.

Granditz zuckt die Schultern. »Gestört hat es ihn jedenfalls nicht.«

»Soweit wir wissen, sind Sie ebenfalls verheiratet«, sagt Svenja.

»Ja.« Granditz verzieht das Gesicht.

»Wo ist Ihre Gattin?«

»Hanna ist . . . ähem . . . nicht da.«

»Wann kommt sie wieder?«

»Ich weiß es nicht. Wir haben uns gestritten.« Er zeigt auf sein blessiertes Auge. »Dann ist sie weggefahren.«

»Das sieht aus, als wäre es schon ein paar Tage alt«, bemerkt Thomsen und beäugt sein Gegenüber skeptisch. Der Mann hat nun Tränen in den Augen. Offenbar nimmt ihn die Auseinandersetzung mit seiner Frau immer noch sehr mit.

»Richtig, vor ein paar Tagen.«

»Wann genau war das?«

»Ich glaube ebenfalls am Dienstag.«

»Sie wissen es nicht?«

»Ich schlafe sehr schlecht und fange an, alles durcheinanderzubringen.«

»Ist Ihre Frau auch verletzt?«, fragt Svenja nun, und Thomsen sieht sie anerkennend an.

»Nee. Natürlich nicht.«

»Geben Sie uns ihre Nummer bitte. Wir werden versuchen, sie am Handy zu erreichen.«

»Klar.«

Während ihr Chef Hanna Granditz' Nummer in sein Diensthandy tippt, sieht Svenja sich um. Die luxuriöse Einrichtung sieht ordentlich und gepflegt aus. Nichts deutet auf einen Kampf hin.

»Wären Sie einverstanden, uns in Ihre Garage sehen zu lassen?«

»Ich habe nichts zu verbergen«, erklärt der Hausherr und steht bereitwillig auf.

Trotzdem hat Svenja das Gefühl, dass dieser Mann innerlich total panisch ist. Möglicherweise liegt es an dem seltsamen Flackern in seinen Augen.

Bruno Granditz geht in den Keller voraus und öffnet die Tür zur Garage. Ein dunkelbrauner Bentley steht da, daneben ein rotes Mercedes-Coupé.

»Ich dachte, Ihre Frau wäre weggefahren?« Svenja blickt mit gerunzelten Brauen zwischen dem schnittigen Sportwagen und der eleganten Limousine hin und her.

»Ist sie zu Fuß weggelaufen?«

»Nee, mit 'nem Taxi. Macht sie immer, wenn sie zu aufgewühlt ist, um zu fahren.«

»Welcher Taxidienst?«, geht Svenja hartnäckig ins Detail.

Aber Granditz winkt ab.

»Das dürfen Sie mich nicht fragen. Plötzlich stand der Wagen vor der Tür. Sie stieg ein und fuhr weg.«

Thomsen beäugt die Luxus-Fahrzeuge neugierig. Beide wirken sehr gepflegt und Granditz' Ausführungen erscheinen ihm nachvollziehbar. Aber angesichts des Umstands, wie sie Kajas Leiche gefunden haben, bittet er ihn dennoch, die Heckklappen zu öffnen.

Granditz kommt dem bereitwillig nach und die Ermittler gucken von einem sauberen und leeren Kofferraum in den nächsten.

»Was denken Sie, wo sie ist?«, fragt Thomsen.

»Hanna?« Bruno Granditz sieht ihn traurig an. »Ich hab keine Ahnung. Bei ihrer Mutter und ihrer Schwester hab ich bereits nachgefragt. Dort ist sie jedenfalls nicht.«

»Geben Sie uns die Telefonnummern trotzdem und halten Sie sich in den nächsten Tagen zu unserer Verfügung.«

43

Otello hat bereits sehnsüchtig auf sein Frauchen gewartet. Sophie erkennt es daran, dass er, kaum dass sie das Haus betreten hat, maunzend um ihre Beine streicht.

Es gibt eine Katzenklappe, die in den Garten führt, jedoch dürften die paar Insekten, die er erwischt, für seinen Appetit längst nicht ausreichen. Er ist tollpatschig, was der Artenvielfalt im Garten guttut.

Sophie schmunzelt, während sie ihm sein Futter richtet. Seine Begeisterung ist ansteckend. Nichts hilft so sehr, um abends runterzukommen, wie einer glücklichen Katze zuzusehen. Ein Glas Rotwein im bequemen Lehnstuhl im Garten ist die perfekte Ergänzung.

Ihre Gedanken drehen sich ständig im Kreis – mit all diesen unzähligen Einzelheiten, die diese beiden Mordfälle betreffen, die rein gar nichts gemeinsam haben und doch unbestreitbar zusammenhängen.

Sie muss ihren Kopf frei kriegen. Dafür gibt es kaum etwas Besseres, als das Gespräch mit der besten Freundin. Sie wählt Alex‘ Nummer und kuschelt sich bequem in ihren Lehnstuhl.

Doch ihre Freundin hebt nicht ab. Also wechselt Sophie auf ihrem Smartphone zu den Nachrichten. Und die verheißen nichts Gutes: Eine Wetterfront bedroht

Husum, schwere Regenfälle und heftige Sturmböen sind zu erwarten. Sie liest gerade die empfohlenen Sicherheitsmaßnahmen für Haus und Garten, als Alex zurückruft.

Doch die Stimme ihrer Freundin klingt besorgt.

»Ich hab leider keine guten Nachrichten. Besser, ich sage es dir sofort und ohne Umschweife. Finn hat mich angerufen. Er will dich wissen lassen, dass er niemals aufhören wird, dich zu lieben. Ich soll dich vorwarnen, damit du dich nicht erschreckst, er hat vor, dich zu besuchen.«

»Äh . . . ich . . . Nein! Was bitte heißt *besuchen*? Er kann doch nicht ernsthaft glauben, ich ziehe fünfhundert Kilometer weit weg und fange ein neues Leben an, nur um von ihm loszukommen – und lade ihn dann frisch fröhlich zu Tee und Kuchen ein?«

»Ach, mein Schatz, ich verstehe dich gut. Ich hab ihm auch gesagt, was für eine beschissene Idee das ist, aber er hat nicht angerufen um meinen Rat zu hören.«

»So ein Mist«, flucht Sophie. »Irgendwie läuft alles gerade voll Scheiße. Bei dem Fall kommen wir keinen Millimeter weiter und Evando fliegt auf Fortbildung in die USA. Zeit, um neue zwischenmenschliche Kontakte zu knüpfen, hab ich keine, und so ist mein einziger Sozialkontakt ein kleiner, unerzogener Kater, der mir die Arme zerkratzt.«

Wie zur Bestätigung springt Otello auf ihren Schoß, jederzeit bereit, seine Krallen erneut in ihren Unterarm zu graben.

»Und jetzt auch noch Finn!« Sie stöhnt. »Das kann ich brauchen, wie einen Strohhalm im Arsch.«

Wie glücklich man am Lande war, weiß man erst wenn das Schiff untergeht

MONTAG

44

Sophie streckt sich und gähnt, während sie in der Personalküche darauf wartet, dass der Kaffee durch die Maschine läuft. Normalerweise hätte sie sich heute freigenommen. Der gestrige Sonntag hat zum Erholen und Auftanken einfach nicht gereicht und ist noch dazu wie im Flug vergangen. Doch so, wie die Dinge derzeit stehen, gilt es, die Zähne zusammenzubeißen und weiter zu ermitteln.

Die Nacht war schrecklich. Sie hat schlecht geschlafen und ist mehrmals aufgewacht. Der letzte Traum verursacht ihr immer noch unangenehme Schauer, wenn sie bloß daran denkt.

Es ist verstörend, auf welche Weise ihr Unterbewusstsein es fertig bringt, ihr Privatleben mit dem Fall zu vermischen. Finn hatte sie entführt, er hatte sie gezwungen, in sein Auto zu steigen und mit ihm die Küste hinaufzufahren. Wie auch immer er das geschafft hatte, ohne Gewalt anzuwenden. Vermutlich weil sie es genoss, seine Gefangene zu sein. Ihm ausgeliefert zu sein, in dem Wissen, dass er sie nun nicht mehr verlassen kann.

Sie liefen am Strand entlang und das Brechen der Wellen vermischte sich mit den Schreien der Möwen zu der schönsten Musik, die sie je gehört hatte.

Ganz plötzlich war sie so leichtfüßig, so unbeschwert, so verliebt wie ein Teenager, und lief zum Auto zurück, um Champagnernachschub aus dem Kofferraum zu holen. Doch als sie die Heckklappe öffnete, blieb ihr die Luft weg.

Evando lag da, eingerollt, an Händen und Füßen gefesselt. Sein Gesicht war blau angelaufen und er atmete nicht mehr.

In dem Moment, als ihr Herz aussetzte, wachte sie auf. Schweißgebadet und geschockt.

Sie wollte gar nicht mehr versuchen, nochmals einzuschlafen, sondern schleppte sich in die Dusche und von dort ins Büro.

Als der Kaffee endlich durchgelaufen ist, zieht sie sich mit einer übergroßen Tasse in ihr Büro zurück. Sie macht den gestrigen Tag für ihre schlechte Verfassung verantwortlich. Er hat wenig Klarheit gebracht, stattdessen neue Fragen aufgeworfen. Zum Beispiel im Zusammenhang mit den Birgers, die sich nun gegenseitig verdächtigen, und doch irgendwie beide nicht infrage kommen.

Nämlich dann, wenn man die beiden Todesfälle gemeinsam betrachtet. Was Kaja Granditz betrifft, hätte jeder von beiden ein Motiv und vermutlich auch die Gelegenheit gehabt. Doch wenn man den Tod der alten Trine mit einbezieht, ergibt nichts mehr einen Sinn.

Weder Anders noch Erika Birger gehört das weiße Damenfahrrad, das einige Meter neben der toten Trine im Straßengraben gefunden wurde.

Könnte es einfach zufällig dort gelegen haben? Oder täuschte der Täter damit einen Sturz vor, um Trine zum Anhalten zu zwingen? Um sich ihr Auto anzueignen? Um damit Kaja Granditz zu verfolgen? Das ist die einzige Theorie, die bis jetzt Sinn macht.

Sophie holt sich die CDs mit den Überwachungsvideos von Jaspers Schreibtisch und sieht sie auf ihrem Computer noch einmal sorgfältig durch. Es ist leider wirklich unmöglich zu erkennen, wer hinter dem Steuer von Trine Balsters rotem Opel sitzt. Doch der Zeitpunkt ist signifikant. Der alte Kadett rollt unmittelbar hinter Kajas BMW durch die Garageneinfahrt.

Erst um 12:48 fährt besagter Opel wieder heraus. Und wieder ist der Fahrer oder die Fahrerin nicht erkennbar. Denn nun sieht man ihn oder sie – immer noch mit Kappe – lediglich von hinten.

Als ihr klar wird, dass Kaja Granditz zu diesem Zeitpunkt mit hoher Wahrscheinlichkeit bereits verletzt und verschnürt im Kofferraum lag, bekommt sie eine Gänsehaut am ganzen Körper.

Sie begibt sich in den Großraum zu der Wand, an der Svenja die plakative Darstellung aller Beteiligten aufgeklebt hat. Dort nimmt sie einen roten Marker und zieht einen fetten roten Kreis um Kaja Granditz Foto.

Danach positioniert sie einen der Stühle mitten im Raum so, dass sie sich verkehrt herum drauf setzen und ihre Unterarme und ihr Kinn an der Lehne abstützen kann. Von da an starrt sie das gesamte Fallszenario an, bis es vor ihren Augen verschwimmt.

45

Hauptkommissar Thomsen staunt nicht schlecht, als er das Büro betritt und seine Oberkommissarin mitten im Großraum über einem Stuhl hängend vorfindet.

Konsterniert bleibt er vor ihr stehen und überlegt, ob er sie wecken soll oder nicht.

Svenja kommt aus der Personalküche und zwinkert ihm zu.

»Kaffee, Chef?«

»Spitzenidee. Was ist mit ihr?«

»Keine Ahnung«, kichert Svenja. »Hab sie so vorgefunden.«

»Hmm. Ist Jasper schon da?«

»Sicher.« Svenja deutet auf die Toilette, wo wie aufs Stichwort die Spülung zu rauschen beginnt.

»Ihr seid 'n Dream-Team«, brummt Thomsen. »In fünf Minuten Meeting bei mir. Mit ihr.« Er wirft noch einen irritierten Blick auf seine schlafende Mitarbeiterin und nimmt dann Kurs auf sein Büro.

Svenja und Jasper knobeln mit Schere, Stein, Papier aus, wer es übernimmt, Sophie aufzuwecken.

Svenja verliert.

Sie geht in die Hocke und berührt ihre Kollegin sanft am Arm.

»Schsch . . . Sophie . . . aufwachen.«

Als dies nichts nützt, greift sie fester zu.

Sophie fährt hoch und schaut verwirrt um sich.

»Bin ich eingepennt?«

»Nur ‘n bisschen eingenickt.« Svenja grinst.

»Ach, verdammt. Ich muss noch was vorbereiten, bevor der Rüde auftaucht.«

»Die Chance hast du verpasst«, bemerkt Jasper trocken. »Aber ich hab dir ‘n Kaffee eingeschenkt.« Er streckt ihr eine volle Tasse entgegen.

»Der Rüde ist schon da?« Sophies Augen weiten sich. »Hat er mich gesehen?«

Svenja kann ihre Heiterkeit nun nicht mehr zügeln und lacht aus vollem Hals.

»Du hängst hier mitten im Raum wie ‘n Stück Fleisch im Räucherofen. Wie hätte er dich nicht sehen können?«

Jasper eröffnet das Meeting mit einem kurzen Tätigkeitsbericht.

»Ich habe alle bisher erhaltenen Telefonlisten abgeglichen. Das Ergebnis ist durchaus interessant: Sowohl Liebhaber Eins, auch bekannt als Anders Birger, als auch Liebhaber Nummer Zwei, namentlich Sebastian Walch, haben Kaja Granditz nach Dienstagmittag weiterhin angerufen und ihr Kurznachrichten geschickt. Wobei Anders Birger eindeutig hartnäckiger war. Er hat Kaja Granditz, bis er von ihrem Tod erfuhr, ganze achtunddreißig Mal angerufen und beinahe genauso viele Nachrichten übermittelt. Walch hingegen gab nach dem fünften Anruf, der ins Leere ging, auf. Er hat auch bloß sieben Nachrichten geschickt. Was trotzdem viel ist, wenn man das mit den Handyaktivitäten ihres Ehemannes vergleicht. Ole Granditz hat seine Frau kein einziges Mal angerufen und ihr auch keine einzige Nachricht geschickt.«

Die letzte Information schlägt ein wie eine Bombe. Einen Moment lang herrscht völlige Stille, dann reden alle durcheinander.

Sophie gelingt es als Erste sich Gehör zu verschaffen.

»Nach ‘ner harmonischen Beziehung sieht mir das nicht gerade aus.«

»Was ist mit dem Bruder?«, hakt Svenja nach. »Hast du Bruno Granditz‘ Handydaten ebenfalls gecheckt?«

»Nein, die haben wir nicht.«

»Da kriegen wir auch kein‘ Beschluss für«, knurrt Thomsen. »Sein Alibi hab ich persönlich überprüft. Er ist weder verschwunden, noch verdächtig.«

»Aber er lügt«, sagt Svenja plötzlich. »Er hat uns erklärt, dass seine Frau Hanna nach einem Streit weggefahren ist.«

»Stimmt, und dass er nicht weiß, wo sie ist«, ergänzt Thomsen, dem das bisher nicht unglaubwürdig vorkam.

»Richtig. Aber er sagte auch, dass sie nicht bei ihrer Mutter oder ihrer Schwester ist. Also habe ich das überprüft und die beiden angerufen. Hanna ist tatsächlich nicht bei einer der beiden untergeschlüpft – aber weder Mutter noch Schwester wussten, dass sie überhaupt abgehauen ist. Und es hat auch keine der beiden mit Hannas Ehemann telefoniert. Sie hätten sich schon seit langem auseinandergelebt und nur sehr selten Kontakt.«

»Das wird immer mysteriöser . . .« Jasper streicht sich über die beginnende Halbglatze.

»Nee, ich finde, nun wird es endlich klarer«, trumpft Thomsen auf. »Ole Granditz ist weg und zeitgleich auch Hanna Granditz, die Frau seines Bruders. Hört es da keiner klingeln? Das ist ja so deutlich, wie wenn dir ‘n Schiffshorn in die Gehörgänge bläst. Die beiden haben sich gemeinsam abgesetzt. Wahrscheinlich hat Kaja den

Braten gerochen und ihren Mann oder ihre Schwägerin zur Rede gestellt, was letztlich tödlich für sie endete. Die beiden haben sie in den Kofferraum gestopft und so abgestellt, dass sie nicht gleich gefunden wird. Deshalb auch der alte Opel und all die Maßnahmen, die es uns erschwerten, das Opfer zu identifizieren. Das diente alles bloß dazu, um sich einen Vorsprung zu verschaffen. Die könnten schon längst in Costa Rica am Strand liegen und Cocktails schlürfen. Wir müssen sofort eine internationale Fahndung veranlassen.«

Jasper sieht seinen Vorgesetzten bewundernd an. Auch Svenja ist beeindruckt.

»Und die alte Trine? Wie passt die ins Bild?«, will Sophie wissen und ihr Blick ist skeptisch, was Thomsen überhaupt nicht gefällt.

»Schön, dass du wieder munter bist«, entgegnet er deshalb recht schnippisch. »Aber vielleicht überlegst du dir selbst was dazu, schließlich wirst du hier nicht fürs Schlafen bezahlt.«

»Autsch«, sagt Svenja und verzieht das Gesicht.

Sophie steht auf und deutet auf das Plakat, das im Großraum an der Wand klebt. »Wie du siehst, habe ich Kaja Granditz rot eingekreist.«

»Klar.« Thomsen grinst. »Das muss dich müde gemacht haben.«

»Ja, es war anstrengend, eine Theorie zu entwickeln, die sowohl zu dem Mord an Trine Balsters, als auch zu dem an Kaja Granditz passt.«

»Du bringst die beiden unter einen Hut?« Svenja reißt die Augen auf. »Ich zermartere mir schon seit Tagen das Gehirn, wie die zusammenhängen.«

»Ich auch«, gibt Jasper zu.

»Das ist doch jetzt wirklich keine Kunst«, blafft Thomsen. »Der Mörder – oder in unserem Fall das

Mörder-Pärchen – brauchte ein Auto.«

»Richtig«, stimmt Sophie zu. »Das ist auch meine erste Annahme. Der Täter hat die arme alte Trine nur aus einem einzigen Grund getötet: Er brauchte ihr Auto. Ein Auto, in dem er Kaja Granditz hinterherfahren konnte. Dieses Auto hat es ihm ermöglicht, neben ihrem BMW zu parken, sie zu verfolgen und letztlich zu überwältigen, als sie zu ihrem Auto zurückkehrte.«

»Das alles spricht doch für ihren Mann als Täter. Ist doch logisch, dass er nicht sein eigenes Auto dafür nimmt, und genauso logisch ist es, dass er sie nachher nicht mehr anruft.«

»Ja, das schon«, gibt Sophie zu. »Aber ich glaube es nicht. Kaja wurde richtig böse ins Gesicht geschlagen, entweder aus Wut, oder um sie unkenntlich zu machen.«

»Oder beides«, ergänzt Jasper.

»Richtig«, stellt Thomsen fest. »Und auch das spricht für den Ehemann als Täter. Er hatte jeden Grund wütend zu sein – ich erinnere an dieser Stelle an die zwei Liebhaber, mit denen sie ihn betrogen hat – und er profitiert davon, wenn wir länger brauchen, um die Identität des Opfers herauszufinden. Er hat sich und seiner Geliebten einen Vorsprung verschafft, der mit jeder Minute größer wird, die wir hier diskutieren.«

»Ich finds auch logisch«, stimmt Svenja ihrem Chef zu. »Ist doch irgendwie naheliegend. Die beiden haben gemeinsame Sache gemacht und sind längst über alle Berge.«

Doch Sophie schüttelt ablehnend den Kopf. »Warum töten sie Kaja, wenn sie auch einfach so miteinander durchbrennen könnten? Beide Familien haben genug Geld für einen Neuanfang.«

»Ach, komm«, murrt Thomsen nun. »Das wär ja wohl nicht das erste Mal, dass sich ‘n Ehemann die Kosten für die Scheidung sparen will, insbesondere wo keine Kinder da sind, die ihre Mutti vermissen.«

»Ich denke«, sagt Sophie nun zögernd, »dass es nie um Kaja Granditz ging. Ihr Tod war für den Täter nebensächlich. Er schlug sie bewusstlos, entstellte mit weiteren Schlägen ihr Gesicht und setzte sie in einem Kofferraum aus. Auf einem öffentlichen Parkplatz. Er wusste nicht einmal, ob sie überlebt oder nicht. So egal war sie ihm. Und sie hätte überleben können. Dr. Kouskouris hat eindeutig festgestellt, dass weder der Hieb, der sie betäubte, noch die Schläge ins Gesicht sie getötet haben. Sie ist bloß gestorben, weil sie sich erbrochen hat und an ihrem Erbrochenen erstickt ist. Aus all dem schließe ich, dass es dem Täter völlig egal war, ob sie lebt oder stirbt. Weil es nicht um sie ging und weil er offenbar nicht befürchten musste, dass sie ihn verraten kann, wenn sie überlebt.«

»Wozu hat er dann all die Mühe auf sich genommen? Sich mit einem Mord ein Auto zu besorgen, um diese Frau, die ihn angeblich überhaupt nicht interessiert, in die Finger zu kriegen, ist keine Kleinigkeit!«, entgegnet Thomsen nun irritiert.

»Ja, warum? Warum hat er das gemacht? Das ist hier die Preisfrage!« Sophie sieht auffordernd in die Runde.

»Auf was willst du hinaus?«, knurrt Thomsen. War er vorhin noch irritiert, ist er nun richtig genervt.

Sophie holt tief Luft.

»Kaja Granditz ist kein Mordopfer. Sie wurde entführt und ist zufällig dabei gestorben, weil sie ihrem Entführer völlig egal war.«

Einen Moment lang ist es so still, dass man eine Stecknadel zu Boden fallen gehört hätte. Danach reden plötzlich alle durcheinander.

Die hitzig geführte Diskussion wird plötzlich von

Maike unterbrochen, die mit einem großen Tablett Käsekuchen mitten im Großraum steht.

»Moin Moin, meine Lieben! Jemand zu Hause?« Mit strahlendem Lächeln präsentiert sie die selbst gebackene Köstlichkeit.

Jasper springt als Erster vom Besprechungstisch auf und stürmt auf sie zu.

»Das ist die Macht des Käsekuchens«, kichert Svenja und folgt ihm nach.

Sophie ist die Letzte, die Maike begrüßt.

»Ihr vergesst ja vor lauter Arbeiten aufs Essen, und du bist die Schlimmste.« Maike setzt ihren fleischigen Zeigefinger auf Sophies Brust. »Du wirst immer dünner, das ist nicht mehr mitanzusehen. Du musst unbedingt zwei Stücke essen.«

Sie strahlt Sophie mit soviel Zuneigung an, dass diese gar nicht anders kann, als sich sofort ein Stück zu nehmen.

»Was macht denn der da bei euch auf der Tafel?«, fragt Maike plötzlich und deutet auf den älteren der beiden Granditz Brüder.

»Äh, das sind interne Ermittlungsunterlagen, die sind nicht für Außenstehende bestimmt«, sagt Thomsen schnell. »Lasst uns lieber in die Küche gehen, vielleicht kocht jemand frischen Kaffee zum Kuchen.«

»Ich frag ja nur, weil der Bruno ist 'n langjähriger Kunde von mir«.

»Was, der Bruno Granditz?«, fragt Sophie interessiert.

»Wie der mit Nachnamen heißt, weiß ich nicht, aber ich hab den jetzt gerade auf der Bank getroffen. Ist schon ein lustiger Zufall, oder?«

»Der war jetzt auf der Bank?« Nun springt auch der Chef persönlich auf das Thema an.

»Ja, um neun eben. Wir standen beide davor und

warteten, dass sie öffnen. Ich lass nämlich das Bargeld von mein' Laden über Nacht lieber im Safe und trags in der Früh auf die Bank, da hab ich 'n besseres Gefühl bei.«

»Und er?«, hakt Thomsen neugierig nach.

»Was er wollte, weiß ich natürlich nicht. Aber wird wohl was Wichtiges gewesen sein, wenn er gleich in der Früh dort auf der Matte steht. Er sah auch gar nicht gut aus. Wie nach 'ner Prügelei. Und gerochen hat er auch.«

»Das ist der Angstschweiß«, sagt Svenja plötzlich. »Dieser Geruch ist mit beim letzten Mal schon aufgefallen. Irgendwas stimmt da nicht.«

»Du hast recht, irgendwas stinkt da gewaltig zum Himmel«, grummelt Thomsen. »Aber keine Sorge, der Bankdirektor wird uns noch heute aufklären. Svenja, verbinde mich auf der Stelle mit der Staatsanwaltschaft!«

46

Thomsen telefoniert in einer Lautstärke mit dem zuständigen Staatsanwalt, dass Sophie die Ohren dröhnen.

»Dieser Schisser!«, flucht er, nachdem er den Hörer auf die Gabel geknallt hat. »Er will es noch vom Richter absegnen lassen, obwohl er bei Gefahr im Verzug selbst entscheiden könnte. Stell dir vor, es ist ihm rätselhaft, wie das bei Einsicht in Finanzunterlagen der Fall sein kann.«

»Wie lang kann das dauern, bis er den Richter erreicht?«, will Sophie wissen.

»Keine Ahnung, aber ich werde mich davon nicht abschrecken lassen«, knurrt Thomsen. »Jasper, du bewachst das Faxgerät, und ich such schon mal den Bankdirektor auf. Auf den hock ich mich drauf, bis der Beschluss da ist.«

»Er heißt Schiedel«, sagt Jasper und reicht seinem Chef einen Computerausdruck.

»Lutz Schiedel?«

»Ja, warum?«

»Vier Jahre gemeinsame Grundschulzeit.«

»Ah, dann hast du ja gute Chancen, dass er auch ohne Beschluss Informationen rausrückt.«

»Eher nicht.« Thomsen verzieht das Gesicht. »Der

hatte damals schon ‘n Stock im Arsch.«

»Du, Rüde, brauchst du mich bei dem Banktermin?«, tastet Sophie sich ran.

»Nee, krieg ich auch allein gebacken. Magst ein Schläfchen einlegen?« Das passende Grinsen dazu kann er sich nicht verkneifen.

»Witzig. Ich habe herausgefunden, dass Hannas Schwester in Loopstedt am Haddebyer Noor wohnt, das ist nur ‘ne gute halbe Stunde von hier. Ich möchte mit Svenja hinfahren, um mehr über Hanna Granditz zu erfahren.«

»Ach ja?«

»Ja. Ich denke, wir haben ihre Rolle bisher unterschätzt. Sie ist ungefähr zur selben Zeit verschwunden, als Kaja entführt wurde. Im Gegensatz zu ihrer Schwägerin ist sie aber nicht als Leiche wieder aufgetaucht. Möglicherweise, weil sie ihrem Entführer nicht egal ist.«

Svenja schnappt nach Luft.

»Du denkst, sie wurde ebenfalls entführt?«

»Ja. Es würde alles erklären. Nicht nur ihr Verschwinden, sondern auch den erbärmlichen Zustand, in dem sich ihr Ehemann befindet. Speziell die Tatsache, dass er dringende Bankgeschäfte zu erledigen hat.«

»Verdammte Scheiße, Meerkatz, da könnte tatsächlich was dran sein«, flucht Thomsen. An Lösegeld hatte bisher keiner gedacht. »Vielleicht ist er sogar noch dort. Komm Jasper, wir fahren sofort los.«

* * *

Auf dem Weg Richtung Loopsted ruft Sophie Bärbel Fischer vom Handy aus an, um die dringende Befragung anzukündigen.

Der Empfang an der Haustür fällt nicht gerade herzlich aus. Bärbel und ihre Mutter, Elke Fischer, beäugen die Ermittlerinnen mit steinernen Mienen.

»Wir wissen gar nichts«, sagt Bärbel anstelle einer Begrüßung.

»Und wir haben nichts damit zu tun, ganz egal, was sie angestellt hat«, ergänzt die Mutter.

Sophie runzelt die Stirn. »Ist es trotzdem in Ordnung, wenn wir hereinkommen? Wir haben ein paar Fragen und Sie können uns vielleicht weiterhelfen.«

»Das glaube ich nicht«, sagt Bärbel, führt die Ermittlerinnen aber dennoch in ein bescheidenes, aber blitzsauberes Wohnzimmer.

»Warum haben Sie so ein schlechtes Verhältnis zu Ihrer Schwester?«

»Das fragen Sie?« Bärbel starrt Sophie ungläubig an. »Sie sind doch von der Polizei!«

Auch Svenja ist nun irritiert. Sie und Sophie tauschen bedeutungsvolle Blicke. Irgendetwas läuft hier im Hintergrund, von dem sie offenbar keine Ahnung haben.

»So, nun mal ganz langsam«, verlangt Sophie und sieht ihre Gesprächspartnerinnen eine nach der anderen eindringlich an. »Was ist das Problem mit Hanna? Und zwar ganz von Anfang an.«

Die beiden verstummen. Starren auf den Tisch und bekommen den Mund nicht mehr auf.

Sophie sieht ihnen eine Weile beim Schweigen zu. Die Mutter wirkt ziemlich verbittert, die Schwester eher besorgt.

Nach einer Weile nimmt sie einen weiteren Anlauf.

»Bärbel, wenn Sie nicht mit mir sprechen, könnte das

für Ihre Schwester tödlich enden.«

»Was?«

»Ich denke, dass jemand sie in seine Gewalt gebracht hat, der nichts Gutes mit ihr vor hat.«

»Oh mein Gott!« Es ist nur ein Flüstern, aber Bärbel wird dabei auf eine Art blass, die Sophies Blutdruck steigen lässt.

Auch die Mutter beginnt nun zu zittern.

»Ich habe immer gewusst, dass das eines Tages passieren wird.«

Sophie ist nun mit ihrer Geduld am Ende.

»Verdammt noch mal, jetzt packen Sie endlich die Wahrheit auf den Tisch! Jede dieser sinnlosen Anspielungen kostet bloß unnötige Zeit. Zeit, die Hanna vielleicht nicht hat . . .«

Bärbel nickt nun.

»In Ordnung. Von Anfang an?«

»Ja.«

»Also wir haben nicht immer hier gewohnt. Aufgewachsen sind wir in Rostock. Die Mutti hatte dort 'ne Bäckerei . . .«

47

Der Mann, der in dem ledernen Chefdrehstuhl sitzt, kann seine birnenförmige Figur nicht vor dem kritischen Blick des Hauptkommissars verbergen. Brust und Schultern wie von 'nem Hähnchen, dafür den Bauch von 'nem Walross, denkt sich Thomsen.

»Moin Schniedelwutz«, sagt er.

»Lass den Blödsinn, Rüde. Wir sind keine Kinder mehr.«

»Immer noch sensibel, was? Hast dich nicht verändert. Bloß fett bist du geworden«, fährt Thomsen ungerührt fort.

»Du hast kein Recht, mich zu beleidigen. Ich werde mich beschweren.«

Thomsen zuckt lapidar mit den Schultern. »Je schneller du auf meine Fragen antwortest, desto schneller bist du mich wieder los.«

»Ohne Beschluss kriegst du von mir keine Auskunft.«

»Doch, die krieg ich. Und zwar im selben Ausmaß wie von jedem anderen Bürger auch. Ist Bruno Granditz noch in der Bank?«

»Wie ich schon sagte, ich muss dir gar nichts . . .«

»Oh doch, du musst. Ich verlange keine Kontodaten, also versteck dich nicht hinter deinem verdammten

Bankgeheimnis. Ich will wissen, ob der Kerl noch hier im Gebäude ist und bei wem er einen Termin hat!«

»In diesem Haus legen wir viel Wert auf Diskretion.«

»Ach, ist das so?« Thomsen dreht sich hämisch grinsend zu Jasper um. »Kommissar Hinrichs, du veranlasst jetzt eine Festnahme. Wegen Beihilfe zu einer Straftat und Behinderung der Ermittlungen. Und fordere sechs Mann an, die Herrn Schiedel in Handschellen abführen. Die Presse informiere ich gleich direkt über mein Handy.« Er zieht es demonstrativ aus der Jackentasche.

»Bist du völlig verrückt geworden? Das kannst du mit mir nicht machen!«

»Wollen wir wetten? Die nächsten achtundvierzig Stunden werden dir endlos vorkommen in unserer Gemeinschaftszelle.« Thomsen deutet auf den monströsen Bildschirm auf Schiedels Schreibtisch. »Na los, guck nach. Oder sollen meine Kollegen ihre Streifenwagen mit Blaulicht und Sirenen vor deiner Bank laufen lassen?«

Mit verbissenen Lippen kommt der Direktor der Aufforderung nach. »Er hatte um neun einen Termin bei Peter Fries.«

»Anrufen!«, verlangt Thomsen prompt.

»Hier Direktor Schiedel. Ist der Herr Granditz noch bei Ihnen? Aha. Danke.«

»Der ist schon seit 'ner halben Stunde wieder weg.«

»Verdammt. Jasper, wir brauchen Verstärkung. Schick alle verfügbaren Einheiten zu seinem Wohnsitz. Sag ihnen wir sind ebenfalls in zehn Minuten dort.« Daraufhin dreht sich Thomsen wieder zu seinem ehemaligen Schulkollegen um. »Und du erzählst mir jetzt alles, was du über diesen Menschen weißt. Du hast zwei Minuten.«

»Was soll ich schon wissen?«

»Alles. Du fettärschige, miese Ratte weißt alles. Kanntest sogar meine Scheidungsvereinbarung damals, als du mir den Kredit verweigert hast, also rück raus mit allem, was nicht vom Bankgeheimnis umfasst ist. Sofort!« Thomsen zieht demonstrativ die Handschellen aus seiner Jackentasche. »Diese Chance habe ich vielleicht nur ein einziges Mal in meinem Leben, also glaube mir, ich werde sie nutzen.«

Schiedel schiebt die Unterlippe vor und dreht sich widerwillig zu seinem Aktenschrank um. Es dauert nicht lange, bis er eine gut gefüllte Mappe herauszieht. Zu unterst liegen einige vergilbte Zeitungsausschnitte. Er schiebt sie über den Tisch.

»Die kannst du haben, wurden schließlich veröffentlicht.«

Thomsen wirft einen Blick auf das Datum. »Ja, und zwar vor über dreißig Jahren. Willst du mich verarschen?«

Dann fällt sein Blick auf eine der Headlines.

Ostseebande verurteilt. Lebenslang für Bülow, nur zwei Jahre für die Granditz Brüder. Bewährung für Hanna Fischer.

Scheiße, natürlich, die *Granditz Brüder*. Er schlägt sich mit der flachen Hand auf die Stirn. Deshalb war ihm der Name die ganze Zeit irgendwie bekannt vorgekommen.

48

Nachdem Bärbel Fischer sich erst einmal überwunden hat zu sprechen, perlen die Worte nur so aus ihrem Mund.

»Hanna war die süßeste kleine Schwester, die man sich vorstellen konnte. Sie war hilfsbereit, gut in der Schule und immer fröhlich, bis sie kurz vorm Abi den Ludwig kennenlernte. Ich half damals bereits der Mutti in der Bäckerei, wir standen immer früh auf und gingen deshalb auch früh schlafen. Hanna hingegen blieb abends immer länger weg. Oft kam sie erst heim, wenn wir schon wieder aufstanden, und als wir ihr Druck machten, auch weil die Schule drunter litt, zog sie einfach aus.«

»Zu ihm. Bülow«, ergänzt die Mutter tonlos.

»Ludwig Bülow?«, wiederholt Sophie.

»Ja«, fährt Bärbel fort. »Der wohnte nur ein paar Straßen weiter, und so bekamen wir das ganze Gerede von Anfang an mit. Sie hatten viel zu viel Geld und gaben viel zu viel aus. Autos, Motorräder, teure Klamotten, Schmuck, sie ließen nichts aus. Wir wussten, dass da etwas nicht stimmte. Die Leute, die in unseren Laden kamen, machten Bemerkungen, tuschelten. Über ein Jahr ging das so. Wir erfuhren erst durch die Zeitung, dass Hanna Teil einer Bankräuberbande war. Bei ihrem letzten Überfall erschoss Bülow auf der Flucht einen Polizisten.

Dafür bekam er lebenslang.«

Sophie spürt, wie diese Information ihren Puls beschleunigt. Nun ergibt alles einen Sinn. Denn *lebenslang* ist in den seltensten Fällen auch wirklich ein Leben lang.

Sie sieht Svenja an.

»Wir müssen wissen, ob und wann Ludwig Bülow entlassen wurde. Und zwar sofort.«

»In Ordnung.« Svenja zieht ihr Diensthandy aus der Tasche und verlässt den Raum.

Sophie wendet sich wieder Bärbel Fischer zu.

»Erzählen Sie weiter.«

»Hanna und die Granditz Brüder konnten einen guten Deal mit der Staatsanwaltschaft aushandeln. Wir wissen keine Details, weil Hanna nie mit uns darüber gesprochen hat. Aber Tatsache ist, dass sie bloß zwölf Monate bedingt bekam und auch die Granditz Brüder gut ausstiegen. Ich glaube, die haben zwei Jahre bekommen. Sie sagten alle gegen Ludwig Bülow aus und gaben ihren Anteil der Beute zurück. Für uns war es dennoch ein Desaster. Wir mussten unsere Bäckerei mit Verlust verkaufen, weil die Kunden uns mieden oder beschimpften oder sogar bedrohten. Davon haben wir uns nie mehr erholt. Der Kontakt zu Hanna brach ab und wir zogen nach Kiel in eine Sozialwohnung, wo uns keiner kannte. Ein paar Jahre später bot uns Hanna dieses Haus hier an. Sie war nun mit Bruno Granditz verheiratet, er hatte ‘ne ehrliche Arbeit und konnte nachweisen, dass das Geld für dieses Haus erarbeitet war. Sonst hätten wir es nicht angenommen.« Bärbel stützt nun ihren Kopf in ihre Hände. »Trotzdem ist immer eine Kluft zwischen uns geblieben.«

Sophie steht auf, um sich für das Gespräch zu bedanken. Im gleichen Moment kehrt Svenja zurück. Ihre Backen leuchten vor Aufregung.

»Dieser Bülow wurde letzte Woche Montag aus der JVA Celle entlassen. Seinem Gesuch auf Hafterlassung wurde nach dreißig Jahren stattgegeben.«

»Dachte ich mir, verdammt, wir müssen sofort los!«, flucht Sophie. »Danke für den Tee.«

Bärbel Fischer läuft den hinauseilenden Ermittlerinnen hinterher.

»Denken Sie, er wird Hanna töten?«

Oh ja, das wird er, wenn er es nicht bereits getan hat, antwortet Sophie in Gedanken, während sie sich hinter das Lenkrad klemmt.

»Wir versuchen alles, um das zu verhindern«, verspricht sie und tritt aufs Gaspedal.

49

Jasper lenkt den Landrover durch die engen Gassen des Husumer Hafenviertels, während sein Chef auf dem Beifahrersitz neuerlich mit dem Staatsanwalt telefoniert. Die Verbindung ist schlecht, vermutlich aufgrund des Wetters. Die Wolken haben sich zu einer dunklen Decke verdichtet und der Regen fällt in Strömen vom Himmel.

»Ludwig Bülow«, wiederholt Thomsen gerade mit einem aggressiven Unterton. »Himmel, muss ich es Ihnen buchstabieren? Ja, ich brauche einen Haftbefehl, und auch einen Beschluss für die Hausdurchsuchung bei Bruno Granditz, weil wir vermuten, dass besagter Bülow sich dort versteckt hält. Wir stürmen dort in zwei Minuten! Weil unsere Ermittlungen ergeben haben, dass er Hanna Granditz dort als Geisel halten könnte . . . ja, je eher desto besser.«

Thomsen legt auf und im gleichen Moment läutet sein Handy erneut. *Meerkatz mobil* schreibt das Display.

»Unser Mann heißt Ludwig Bülow«, dringt ihre Stimme ein wenig abgehackt und mit Rauschen begleitet an sein Ohr.

»Wissen wir«, gibt Thomsen zurück, ohne seine Überraschung zu zeigen. Wie hat sie das nun wieder rausgekriegt? »Wir sind in zwei Minuten bei Bruno

Granditz' Haus. Mal sehen, was wir vorfinden.«

»Wir brauchen sicher noch 'ne halbe Stunde.« Trotz des schlechten Empfangs ist das Bedauern, das in ihrer Stimme mitschwingt, nicht zu überhören.

Das Polizeiaufgebot vor Bruno Granditz' Villa kann sich sehen lassen. Fünf Streifenwagen parken bereits in zweiter Spur.

Thomsen und Jasper springen aus dem Landrover und rennen die letzten Meter im strömenden Regen zum Eingang.

Die Beamten, die dort warten, sind bereits völlig durchnässt.

»Wir haben schon geläutet!«, schreit einer von ihnen gegen die prasselnden Wassermassen an. »Mehrmals!«

»Alles klar«, brüllt Thomsen zurück. »Aufbrechen!«

»Polizei!«, schreit er kurz darauf, als er die großräumige Eingangshalle betritt. »Wir sind bewaffnet! Ergeben Sie sich! Kommen Sie mit erhobenen Händen raus!«

Doch niemand antwortet.

Das Haus liegt still und verlassen da. Die einzige Lärmquelle ist der Regen, der unablässig aufs Dach trommelt.

»Okay«, wendet sich Thomsen nun an die Beamten. »Ihr sichert den Eingangsbereich hier. Wir checken die Garage. Wenn er geflohen ist, dann mit einem der Fahrzeuge.«

Thomsen zieht seine Waffe aus dem Holster und gibt Jasper ein Zeichen, es ihm gleichzutun. Doch die Vorsichtsmaßnahme erweist sich als unnötig, da auch die Garage still und verlassen daliegt.

Allerdings ist der Platz neben dem schicken Mercedes-Coupé leer.

»Dacht' ichs mir doch! Der Hurensohn ist mit dem

Bentley auf und davon. Gib das an alle Einheiten weiter! Dieser Wagen hat oberste Priorität.«

»Klar Chef«, antwortet Jasper und zieht sich in den Eingangsbereich, wo das Prasseln des Regens besser gedämpft wird, zurück.

Thomsen folgt ihm, stoppt jedoch abrupt, als er plötzlich eine andere Lärmquelle wahrnimmt. Irgendetwas schlägt gegen Metall. Immer und immer wieder. Dieses Geräusch kommt aus dem Keller.

Er sieht sich nach dem Kellerabgang um. Tatsächlich, hinter einer Säule ist eine unscheinbare Tür. Er reißt sie auf und steht vor einer gewundenen Treppe, die hinab führt. Nun ist nicht nur das Geräusch, das ihn hergelockt hat, deutlicher zu hören, sondern auch eine Art Stöhnen.

Er winkt Jasper, ihm zu folgen, und schleicht hinunter. Unten angekommen findet er sich in einem riesigen Heizungskeller wieder. Die Geräusche kommen aus der hintersten Ecke. Thomsen schleicht vorsichtig um den großen Ofen herum, die Waffe neuerlich im Anschlag.

Das Bild, das sich ihm nun bietet, könnte eindeutiger nicht sein. Zwei Männer sitzen an Heizungsrohre gefesselt am Boden. Beide sehen übel zugerichtet aus. Während der eine monoton mit seinem Fuß gegen die Rohre tritt, lässt der andere Kopf und Gliedmaßen hängen. Sein leerer Blick gefällt Thomsen überhaupt nicht.

»Verdammt. Jasper, hol den Arzt.«

Während der Jüngere wieder hinaufhetzt, um das Ambulanzteam, das sie vorsorglich geordert hatten, in den Keller zu führen, bemüht sich Thomsen die Fesseln desjenigen zu lösen, der sich noch bewegt.

»Sie können aufhören zu treten, wir haben Sie gefunden«, versichert er dem Mann, den er für den Hausherrn hält. Ganz sicher ist er sich jedoch nicht, so schlimm wurde das Gesicht durch Schläge entstellt.

»Sind Sie Bruno Granditz?«,

»Ja. Bitte, Sie müssen Hanna retten. Meine Frau. Bülow hat sie . . .« Seine Worte kommen abgehackt und sind nur schlecht zu verstehen.

»Ich weiß, wir suchen bereits nach ihr. Haben Sie eine Idee, wo er mit ihr hin will?«

»Ich hab keine Ahnung.« Tränen rinnen über Bruno Granditz geschundenes Gesicht.

»Wann ist er weggefahren?«

»Vor 'ner halben Stunde, vielleicht? Könnten auch nur zehn Minuten gewesen sein. Ich hab gar kein Zeitgefühl mehr.«

Der Arzt taucht auf und beansprucht Thomsens Platz an Granditz' Seite. Auch die Sanitäter drängen ihn beiseite.

»Es wär gut, wenn Ihnen irgendein mögliches Ziel einfällt«, bleibt Thomsen hartnäckig. »Das würde die Überlebenschancen Ihrer Frau immens erhöhen.«

»Vielleicht die Seebrücke Kellenhusen nördlich von Lübeck«, stöhnt Granditz, während der Arzt ihm einen Zugang in eine Armvene setzt.

»Warum die?«

»Dort hatte er sich mit Hanna verlobt, damals, und dort wollte er sie auch heiraten.«

Thomsen bleibt noch einen Augenblick stehen, um zu beobachten, wie der Notarzt nun den leblosen Körper, der vermutlich Ole Granditz gehört, auf Vitalzeichen untersucht.

Als der Mediziner den Kopf schüttelt und sich wieder dem älteren Granditz Bruder zuwendet, geht er die Treppe hinauf.

50

Während Thomsen die geräumige Hightech-Küche des Ehepaars Granditz zu seiner Befehlszentrale umfunktioniert hat und von dort aus Bülows Verfolgung organisiert, durchkämmen die uniformierten Beamten das Haus.

»Wir haben jetzt drei Straßensperren Richtung Lübeck. Eine auf der Autobahn, die anderen beiden auf Landstraßen. Und ich hab auch dazugesagt, dass sie gut beleuchtet sein sollen, wegen dem Scheißwetter da draußen. Dass nicht jemand unglücklich zu Schaden kommt«, berichtet Karlsen, ein besonders umsichtiger Kollege.

»Vorbildlich«, lobt Thomsen, als ihm plötzlich etwas einfällt. Mit dem Anflug eines schlechten Gewissens greift er zum Handy und ruft in der Dienststelle an.

»Der Sebastian Walch kann nach Hause gehen . . . ja, jetzt gleich . . . ja, ohne Auflagen . . . Wer? Anders Birger ist auch noch da? Den könnt ihr ebenfalls heimschicken . . . ja, ganz ohne alles.«

Vom Keller dringt plötzlich Lärm herauf.

»Mann, diese Treppe ist der Albtraum für so ‘ne Trage«, flucht einer der Sanitäter.

»Ich hab doch gesagt, ich kann gehen«, stöhnt der

Patient.

»Nichts da«, setzt der Arzt sich durch. »Sie bleiben liegen.«

Sophie und Svenja kommen genau in dem Moment an, als das Rettungsteam den Verletzten endlich in den Eingangsbereich geschafft hat.

»Uii.« Svenja zieht eine Grimasse, als sie Granditz' Gesicht erblickt.

»Aus dem Weg«, ruft der Arzt und treibt die Sanitäter samt Trage Richtung Ambulanzwagen.

»Gut, dass ihr da seid«, sagt Thomsen erleichtert. »Ihr begleitet Bruno Granditz ins Krankenhaus. Er bleibt keine Minute allein! Alles, was ihm noch einfällt, könnte wichtig sein.«

Sophie nickt und läuft dem Rettungstrupp hinterher. Es gelingt ihr gerade noch rechtzeitig mit hineinzuspringen, bevor der Wagen losfährt.

Durch das Heckfenster sieht sie, wie Svenja durch den Regenguss zum Dienstwagen sprintet, um ihnen hinterher zu fahren.

Ein Blitz zerreißt die Luft und der darauffolgende Donner ist so laut, dass sie kein Wort von dem versteht, was der Arzt sagt. Aber sie kann erkennen, dass er eine Injektion vorbereitet.

»Wie bitte?«

»Ich geb ihm jetzt was, damit er schlafen kann. Sein Körper braucht dringend Erholung.«

»Das tun Sie besser nicht! Wir haben eine unklare Situation da draußen, und es könnte sein, dass Informationen, die er hat, das Leben seiner Frau retten können.«

»Aber er könnte schlimme innere Verletzungen haben. Man sieht an den Hämatomen, dass er auch in den Bauch getreten wurde«, gibt der Arzt zu bedenken.

»Egal«, stöhnt Granditz, »packen sie die verdammte Spritze weg!«

Sophie wendet sich ihm nun zu. »In welchem Zustand war Ihre Frau, als Bülow mit ihr losfuhr? War sie verletzt?«

Granditz' Augen füllen sich mit Tränen. »Ja, schon. Er sieht sie immer noch als sein Eigentum. Nach all den Jahren. Und er nimmt sich, was seiner Meinung nach ihm gehört, verstehen Sie?«

Sophie nickt.

»Das ist alles meine Schuld«, sagt er plötzlich und seine Hände beginnen zu zittern.

»Was denn?«

»Das mit Hanna. Ich würde mir nie verzeihen, wenn ihr etwas passiert! Ich habe das alles nur für sie getan. Der ganze Plan, einfach alles, war nur für sie . . .«

Granditz' Gesichtszüge sind schmerzverzerrt und er verstummt vor Erschöpfung, was Sophie enorm beunruhigt. Sie zupft den Arzt am Ärmel.

»Geben Sie ihm was gegen die Schmerzen, aber etwas, das ihn nicht müde macht!«

»Besser wärs er würde schlafen«, schimpft der Mediziner, nimmt widerwillig eine kleine Glasampulle aus seiner Notfalltasche und injiziert den Inhalt in den vorhandenen Zugang am Unterarm.

Kurz darauf ist Granditz wieder ansprechbar. Er wirkt orientierter als zuvor und sieht Sophie mit klaren Augen an, bereit, seine Geschichte fortzusetzen.

»Ich habe bloß einen Fehler gemacht, ich habe diesem verdammten Richter geglaubt. Er sagte lebenslang. Darauf habe ich vertraut. Wenn ich gewusst hätte, dass Bülow nach dreißig Jahren freikommt . . . wenn ich das gewusst hätte . . . Ole würde noch leben und Hanna müsste nicht um ihr Leben bangen . . .« Er wird nun von Trauer und Angst so übermannt, dass Sophie ihm beruhigend über den Arm streicht.

Erst als er sich etwas beruhigt hat, hakt Sophie mit sanfter Stimme nach.

»Was war das für ein Plan? Erzählen Sie mir davon.«

51

Die Frau mit den blutverklebten blonden Haaren starrt den Mann am Steuer hasserfüllt an.

Seit sechs Tagen schon hat er sie in seiner Gewalt. Seit sechs Tagen schon ist sie Geisel und Geliebte in einer Person. Seit sechs Tagen tut sie alles, was er verlangt, um ihn davon abzuhalten, ihren Mann oder dessen Bruder zu töten.

Kaja hatte sie nicht retten können.

Ausgerechnet Kaja, die nichts mit alledem zu tun hatte. Die völlig ahnungslos in Oles Leben gestolpert war und ihn trotz ihrer Eskapaden glücklich machte.

Die Scheibenwischer arbeiten auf Hochdruck und können doch kaum etwas ausrichten gegen die Massen an Wasser, die vom Himmel fallen.

»Fahr nicht so schnell, die Sicht ist scheiße.«

Der Schlag ins Gesicht lässt sie zusammenzucken. Der Schmerz schießt durch den bereits gebrochenen Nasenrücken bis ins Gehirn. Tränen strömen über ihre Wangen und Blut über ihre Lippen.

»Dachtest du wirklich, ihr kommt damit durch? Alles zugeben, euren Teil der Beute bei den Bullen abliefern und gegen mich aussagen – dachtest du wirklich, diese Rechnung geht auf?«

Weil sie nicht antwortet, setzt er seine Vorwürfe fort.

»Ihr Ratten habt mich verraten und verkauft! Wo ist mein Teil der Beute abgeblieben? Sag schon, du mieses Stück Dreck! Jeder verdammte Ziegel in eurer piekfeinen Villa gehört mir! Genauso wie dieses Auto! Genauso wie du!«

Er tritt aufs Gas, bis der Bentley auf den Wassermassen aufschwimmt.

Sie schreit auf.

Er lacht, während er das schlingernde Fahrzeug wieder unter seine Kontrolle bringt.

»Heute wirst du dein Versprechen einlösen, du Miststück. »Dein verdammtes Versprechen, auf das ich seit dreißig Jahren warte.«

Er sieht sie an, und weil sein Grinsen sie anwidert, dreht sie den Kopf weg und starrt mit tränennassen Augen in den Regen.

Ein Glück, dass die Straße halbwegs gerade verläuft, denkt sie. Wäre sie kurvig, wäre das bei dem Scheißwetter das Ende.

Als plötzlich in der Ferne eine beleuchtete Absperrung auftaucht, schnellt ihr Puls schlagartig in die Höhe. Sie wendet sich ihm wieder zu. Erwidert sein dreckiges Grinsen, hält es fest, so lange sie kann, während sich ihre linke Hand über die Mittelkonsole des Bentleys zum Fahrersitz vortastet, bis ihre Finger das Ziel erreichen.

Sie schließt die Augen.

In dem Moment, als er seinen Blick wieder auf die Straße richtet und einen panischen Schrei ausstößt, löst sie mit einem sanften Klick die Arretierung seines Sicherheitsgurtes.

52

Bruno Granditz liegt in seinem Krankenbett zwischen mehreren Monitoren, die seine Vitalfunktionen überwachen. Über die Vene seines linken Arms laufen konstant Schmerzmittel in sein Blut, die es ihm ermöglichen weiterzusprechen.

»Brauchen Sie eine Pause?«, fragt Sophie, als er sich heftig in ein Taschentuch schnäuzt.

»Nein. Es geht schon. Ich will . . . ich muss mir endlich alles von der Seele reden. Die Ungewissheit, wie es Hanna geht, bringt mich völlig um den Verstand. Sie ist meine große Liebe. Immer gewesen. Und diese Sache hier, die fing an, als wir uns verliebten. Damals. Vor über dreißig Jahren. Nee, noch früher. Sie fing mit Bülow an. Ludwig Bülow. Oh Mann, dieser Hurensohn. Wie hab ich den damals bewundert!

Er war immer schon reich gewesen. Mit 'nem goldenen Löffel im Mund geboren, sozusagen. Doch er war faul und arbeitsscheu, und als ihm sein Vater den Geldhahn zudrehte, besorgte er sich 'ne Spielzeugpistole und raubte damit seine erste Tankstelle aus. Von dem Geld kaufte er sich 'ne echte Waffe, und bald stieg er von Tankstellen auf Banken um.

Ole und ich hingegen kamen aus der ärmsten Ecke Rostocks, unsere Mutter war alleinerziehend und arbeitslos. Sie musste uns mit Gelegenheitsjobs durchbringen. Als Ludwig mit seinem schicken Auto in unserem Viertel auftauchte und ein paar Runden ausgab, waren wir schnell Freunde. Und als er vorschlug, uns an seinen Raubzügen zu beteiligen, haben wir nicht lange überlegt. So habe ich Hanna kennengelernt. Sie war seine Freundin, und sie war mit von der Partie. Stand Schmiere, half beim Auskundschaften, solche Dinge eben.

Bei den Überfällen selbst war sie nicht dabei, aber sonst waren wir ständig zu viert. Über ein Jahr lang lief es echt gut. Wir haben unglaublich viel Kohle gemacht und fühlten uns unverwundbar. Doch von einem Tag auf den anderen begannen die Spannungen.

Mir gefiel nicht, wie Ludwig Hanna behandelte.

Zuerst dachte ich ihretwegen, aber dann merkte ich, dass ich mich schleichend in sie verliebt hatte. Als die beiden Verlobung feierten, an der Kellenhusener Seebrücke, spürte ich es ganz klar und deutlich, dass sie nicht mit ihm, sondern mit mir vor den Altar treten sollte.

Ich habe Hanna noch in derselben Nacht von meinen Gefühlen erzählt, und es stellte sich raus, dass es ihr genauso ging. Wir hatten uns über die Monate der Komplizenschaft immer mehr ineinander verliebt.

Das war nun ein Problem. Als Hanna versuchte, ihre Verlobung mit Ludwig zu lösen, eskalierte die Situation. Er schlug sie grün und blau und stellte klar, dass er niemals von ihr ablassen würde. Dazu kam, dass er beim letzten Überfall einen Polizisten erschossen hatte, was wir zutiefst verurteilten. Ich will es nicht schönreden, wir waren Bankräuber aus Leidenschaft, aber wir taten bloß recht bedrohlich. Wir waren nicht gewaltbereit und schon gar keine Mörder.

Also brauchten wir einen Plan, um uns Ludwig vom Hals zu schaffen. Alles, was wir wollten, war gemeinsam neu anzufangen, während ganz Mecklenburg-Vorpommern nach dem Polizistenmörder fahndete. Es ist mir gelungen über einen Anwalt einen Deal mit der Staatsanwaltschaft auszuhandeln – Strafminderung dafür, dass wir ihnen Ludwig ans Messer liefern würden.

Es lief alles wie geplant. Hanna bekam bloß eine bedingte Haftstrafe, und Ole und ich je zwei Jahre. De facto waren wir nach einem Jahr wegen guter Führung wieder raus. Und wir fingen tatsächlich noch mal von vorne an. Suchten uns ‘ne neue Stadt, wo uns keiner kannte und steckten unsere Energie in ehrliche Arbeit. Als das Internet aufkam, wurden wir reich. Ich kam mit der Entwicklung einer Software für IT-Sicherheit zu einigem Wohlstand und Ole konnte seine Möbel nun in alle Welt verkaufen. Nach fünfzehn Jahren, in denen wir uns nichts mehr zu Schulden kommen ließen, konnten wir endlich unsere Verurteilungen aus dem Bundeszentralregister löschen lassen. Wir hatten uns ein richtig gutes Leben aufgebaut.«

»Bis Dienstag«, sagt Sophie.

»Ja, bis Dienstag«, seufzt Bruno. »Bei strahlendem Sonnenschein und ohne jede Vorwarnung kam der Horror in unser Haus. Wir haben hinten im Garten noch eine Einfahrt, ‘ne Zufahrt zum Schuppen, wissen Sie. Für alle möglichen Zulieferungen. Oder für Gäste, die lieber im Garten parken als auf der Straße. Mein Bruder kannte diesen Hausbrauch natürlich, und weder Hanna noch ich haben uns etwas dabei gedacht, als er mit seinem Aston Martin in unseren Garten fuhr. Es war so gegen 17 Uhr, wir saßen auf der Terrasse, tranken Kaffee und aßen Blaubeerkuchen, als Hanna plötzlich erstarrte. Sie erkannte als Erste, wer der Mann war, der Ole begleitete. Viel zu spät sahen wir, dass er eine Waffe auf ihn gerichtet hatte.

Dann ging alles furchtbar schnell. Er trieb uns wie Tiere in den Keller, fesselte uns dort an die Rohre. Also, Ole und mich. Hanna nahm er mit, er sagte, sie wäre endlich wieder da, wo sie hingehört, nämlich bei ihm im Bett.«

Er schnäuzt sich neuerlich.

»Erzählen Sie mir von Ole«, bittet Sophie. »Wie kam Bülow an Ole ran?«

»Er hatte Kaja aufgelauert. Ich weiß nicht wo, ich weiß nur, dass er meinem Bruder ein Foto von ihr im gefesselten Zustand aufs Handy schickte und ihn zum Parkplatz am Dock Koog bestellte. Ole wollte Kaja nicht verlieren, natürlich fuhr er hin. Er hatte vor, seine Frau freizukaufen. Aber Ludwig wollte kein Geld. Noch nicht. Er verlangte von Ole, ihn hierher zu bringen. Sonst würde er Kaja nie wieder sehen.

Ole hat es gemacht. Er hat das Verderben über uns gebracht, um seine Frau zu retten. Trotzdem hat er sie nie wieder gesehen.

Irgendwann hat Ludwig mich wieder losgebunden. Ich sollte ihm Geld besorgen. Doch das klappte nicht so, wie er sich das vorgestellt hatte. Er wollte 'ne Million. Unmöglich, dass ich die von der Bank in bar bekam. Das wollte er nicht einsehen. Er wollte, dass ich alles binnen Tagen zu Geld mache, aber mit langfristigen Anlagen ist das nicht so einfach. Ich bekam nicht einmal Hundertausend zusammen. Da hat er mir eine verpasst und mich wieder im Heizungskeller festgebunden.«

»Wie war das, als Hauptkommissar Thomsen bei Ihnen zu Hause war?«

»Er hat so lange geläutet, bis Bülow mich losmachte, damit ich ihm die Polizei vom Leib halte. Als ich den Kommissar im Haus herumführte, wartete er mit Hanna und Ole im Heizungskeller. Über die Lüftungsrohre konnte er unser Gespräch in der Garage mithören, ein falsches Wort von mir und er hätte Hanna in den Kopf geschossen . . .« Seine Stimme versagt und die Schultern beginnen zu beben. Nach einer Weile beginnt er wieder zu sprechen. »Heute Morgen machte er mir schon in aller Früh die Fesseln ab und schickte mich nochmals auf die Bank. *Letzte Chance* nannte er es. Als ob ich dort mit einem Zauberspruch zu Bargeld kommen würde. Ich kam also wieder ohne eine nennenswerte Summe zurück. Da wurde er richtig wütend. Erst trat er auf mich ein, dann band er mich wieder im Keller fest. Und dann packte er Hanna und fuhr mit ihr auf und davon . . .« Bruno wird neuerlich von seinen Empfindungen überwältigt.

Während Sophie geduldig wartet, bis er sich wieder beruhigt, geht die Tür auf und Jasper schaut herein. Er winkt sie zu sich.

Sophie steht auf. »Ich bin gleich wieder da. Ruhen Sie sich einen Moment aus.«

Sie verlässt das Krankenzimmer und schließt die Tür hinter sich.

»Hier gibts ‘n Kaffee.« Jasper deutet auf den Automaten am Ende des Ganges.

»Prima Idee.«

Sophie sucht in ihrer Tasche nach Münzen.

»Ich hab Svenja heimgeschickt«, berichtet Jasper. »Sie sah schon so schlimm übermüdet aus.«

»Oh, gut. Das hatte ich vorhin schon versucht, allerdings erfolglos. Sie war ständig vor der Tür am Telefonieren.«

»Ich hab geflunkert. Sagte ihr, es wär ‘n Befehl vom Chef, weil sie morgen Frühdienst hat.« Er sucht nun ebenfalls seine Hosentaschen nach Münzen ab. »Wenn sie zu Hause ankommt, schreib ich ihr ’ne SMS, dass das mit dem Frühdienst ein Irrtum war.«

»Muss ich mir merken«, sagt Sophie anerkennend. So viel Bauernschläue hätte sie ihrem Kollegen nicht zugetraut. Sie füttert den Kaffeeautomaten mit Cent-Stücken und drückt die Taste für den Cappuccino.

Jasper hält zwischen seinen Münzen plötzlich auch eine hübsch gestaltete Karte in der Hand.

»Das is 'ne Einladung. Für dich. Von der Mutti. Sie wird sechzig, am Samstag macht sie 'ne Feier. Ich hab die Karte schon seit Tagen in der Tasche, aber irgendwas hat mich ständig abgelenkt.«

Sophie schmunzelt und nimmt den zerknitterten Karton in Augenschein, als Jaspers Handy läutet. Mit einem verlegenen Lächeln hebt er ab.

»Moin Mutti. Klar, natürlich hab ich sie ihr gegeben. Nee, ganz sicher. Ja, denke schon . . .« Er sieht Sophie fragend an. Sie nickt und er atmet auf. »Ja, ganz sicher, Mutti, sie hat es versprochen.«

Erleichtert legt er wieder auf und drückt sich ebenfalls einen Kaffee aus dem Automaten.

»Thomsen ist Richtung Lübeck gefahren«, rückt er nun endlich mit den Neuigkeiten heraus, deretwegen er eigentlich hergekommen ist. »Da gabs 'nen schlimmen Unfall an einer der Straßensperren. Das Auto ist so hinüber, dass es im Straßengraben auf dem Dach liegen blieb. Ein Bentley. Und was die Personen betrifft – es wurden zwei Verletzte geborgen.«

»Du meinst, das könnten sie sein?« Anstelle einer Antwort hält Jasper sein Mobiltelefon hoch, das gerade eben wieder zu klingeln begonnen hat.

Thomsen mobil steht auf dem Display.

»Gleich wissen wir mehr. Moin Chef, wie siehts aus?«

Thomsens Stimme dringt so laut aus dem Handylautsprecher, dass Sophie jedes Wort mithören kann.

»Bei dem Totalschaden handelt es sich tatsächlich um unseren Bentley. Offenbar ist der Fahrer nicht angeschnallt gewesen. Den hats zwanzig Meter aus dem Auto geschleudert, da kam jede Hilfe zu spät. Die Frau auf dem Beifahrersitz hat überlebt. Sie wurde aus dem Fahrzeug befreit und wird nun operiert. Angeblich ist sie nicht lebensgefährlich verletzt, nun ja, das bleibt zumindest zu hoffen.«

»Das klingt, als ob es sich bei den beiden wirklich um Hanna Granditz und Ludwig Bülow handelt«, seufzt Sophie erleichtert.

»Ich hab auch mit den Kollegen von der Straßensperre gesprochen«, setzt Thomsen seinen Bericht fort. »Die sagten, der Fahrer sei nahezu ungebremst hineingefahren und hat danach auch noch das Polizeifahrzeug touchiert. Sie hatten echt Glück. Wegen dem hundsmiserablen Wetter saßen sie drin, haben sich aber nur im Kreis gedreht. Was gibts bei euch Neues?«

Jasper reicht das Handy an Sophie weiter.

»Hier im Krankenhaus ist alles in Ordnung. Bruno Granditz ist stabil und er sagt umfassend aus.«

»In Ordnung, Meerkatz. Dann sehen wir uns morgen. Frühestens um zehn. Wir müssen alle mal schlafen.«

Sophie legt auf und gibt Jasper sein Handy zurück.

Jaspers Augen leuchten trotz seiner Erschöpfung.

»Das war echt knifflig dieses Mal. Als wir die alte Trine mit dem Einschussloch fanden, dachte ich mir, dass wir den Fall niemals lösen würden«.

Sophie schmunzelt. »Mir ging es ähnlich. Vor allem das weiße Damenfahrrad hat mich in die Irre geleitet. Bülow kann uns leider nicht mehr sagen, wie sein Rachefeldzug im Detail abgelaufen ist, aber für mich steht fest, dass er unmittelbar nach seiner Entlassung damit begonnen hat. Svenja hat mit der JVA Celle telefoniert. Er wurde

Montag um elf Uhr Vormittag entlassen. Offenbar ist es ihm gelungen, sich eine Waffe zu organisieren und mittels Zug oder Autostopp nach Rendsburg zu gelangen. Dort wurde nämlich ein weißes Damenfahrrad als gestohlen gemeldet. Daher ist es naheliegend, dass er von dort mit dem Fahrrad weiterfuhr, offenbar auf der Suche nach einer abgelegenen Stelle, wo er ungesehen das Rad mit Waffengewalt gegen ein Auto eintauschen konnte. Als die alte Trine im Morgengrauen mit ihrem Opel vorbeikam, war das die perfekte Gelegenheit.«

»Ja, damit hat er uns anfangs alle getäuscht. Wir dachten doch alle, sie wäre mit dem Rad gefahren. Trotzdem – hätte es nicht gereicht, wenn er mit dem Opel davon gefahren wäre? Sie einfach zu erschießen . . .«

»Für ihn hatte ein fremdes Leben keinen Wert, und ganz sicher wollte er nicht, dass sie Anzeige erstattet. In den Kofferraum legen konnte er sie auch nicht, weil er den noch für Kaja Granditz brauchte. Kaja war seine Eintrittskarte in Ole Granditz‘ Villa, in die er nie hätte einbrechen können.«

»Stimmt.« Jasper schlürft geräuschvoll den heißen Kaffee. »Marten von der KTU sagte, er hat selten so ein gut gesichertes privates Anwesen gesehen.«

»Genau deshalb hat Bülow Ole gezwungen, ihn in sein Haus zu chauffieren. Dort hat er sich Zugang zum Tresor verschafft. Für ihn war das jedoch nur ein Zwischenstopp. Er benutzte Ole, um auf Brunos Grundstück zu gelangen, das wohl von Anfang an sein Ziel gewesen war.«

»Und das ebenfalls wie Fort Knox gesichert war.« Erschöpft lehnt Jasper sich an die Wand neben dem Kaffeeautomaten.

»Weißt du, was ich Ironie des Schicksals nenne?«, fragt Sophie plötzlich.

Jasper schüttelt den Kopf. Er spürt jetzt die Müdigkeit bis in die Knochen.

»Dass Hanna und die Granditz Brüder ihre Einträge im Bundeszentralregister löschen ließen. Wenn wir von der gemeinsamen kriminellen Vergangenheit gewusst hätten, wären wir schon viel früher bei Bruno auf der Matte gestanden.«

»Stimmt. Dass sie uns mal brauchen würden, haben sie nicht vorhergesehen.« Er gähnt.

»Geh heim, Jasper. Für heute sind wir fertig.«

»Und du?«

»Ich auch. Ich hab bloß noch ‘ne Kleinigkeit zu erledigen.«

Als sie ins Krankenzimmer zurückschlüpft, fährt Bruno aus seinem Nickerchen hoch.

»Was ist mit Hanna? Wissen Sie schon was?«

»Ja.« Sophie legt ihm beruhigend die Hand auf den Arm. »Sie lebt. Sie ist verletzt und sie wird gerade operiert, aber sie wird überleben.«

»Danke.« Das Wort ist mehr gehaucht statt gesprochen und die Augenlider fallen wieder zu. Bruno Granditz schläft bereits, als sie das Zimmer wieder verlässt.

Die Wolken formieren sich jeden Tag neu

Fünf Tage später

SAMSTAG

53

Ella Hinrichs' Geburtstagsfeier entpuppt sich als Grillparty größeren Ausmaßes. Sophie, die sich in ein schickes Kleid geworfen hat, muss zwanzig Hände schütteln, bis sie auf ein bekanntes Gesicht trifft.

»Moin Svenja.«

»Moin Sophie, ist das nicht herrlich?«

»Die Party?«

»Das Wetter! Es ist perfekt! So sonnig und beinahe windstill. Sieh mal, die neue Korbgarnitur passt perfekt.« Svenja deutet auf eine hübsche Bank und zwei dazu passende Korbstühle im Eingangsbereich des Wohnwagenparks.

»Stimmt.« Sophie erinnert sich, dass Svenja zwischendurch mal für das Geburtstagsgeschenk Geld gesammelt hat. »Ich kann Jasper gar nicht sehen.«

»Er steht am Grill.« Svenja deutet in die Richtung. »Da hängt bloß ständig 'ne Menschentraube davor.«

»Ist sein Date, diese Sabrina, auch hier?«

Svenja verdreht die Augen. »Er wollte sie schon fragen, aber ich konnte es ihm gerade noch ausreden. Wenn er die hierher mitbringt, sieht er sie nie wieder.«

»Meinst du?« Sophie sieht sich um. Die Gäste stehen in Gruppen zusammen, die Stimmung ist gut, überall wird gelacht. Fast alle halten Cocktails in leuchtenden Farben in der Hand.

»Ist doch ganz nett hier.«

Svenja lacht. »Das schon, aber stell dir mal vor, du bist sehr schüchtern, und warst genau einen Abend mit Jasper etwas essen – euer körperlicher Höhepunkt bis dato war ein Küsschen auf die Wange. Und dann fällst du Mutti Hinrichs in die Hände, die dich freudig an die Brust drückt, jedem hier ihre zukünftige Schwiegertochter vorstellt und von ihren Enkeln schwärmt, die hoffentlich bald in deinem Bauch heranwachsen.«

»Alles klar.« Sophie lacht. »Und jetzt bring mich bitte dorthin, wo man die leckeren Cocktails kriegt!«

An der provisorisch aufgebauten Bar im Innenbereich schenkt Ella Hinrichs höchstpersönlich Drinks an ihre Gäste aus. Maike steht mit strahlendem Lächeln daneben und hilft. Man sieht ihr an, wie stolz sie ist, als offizielle Begleitung ihres Bärchens hier zu sein.

»Sophie!« Mutti Hinrichs schließt sie in die Arme. »Wie schön, dass du gekommen bist! Was möchtest du trinken?«

»Erst mal alles Liebe zum Geburtstag! Und dann so einen wunderbaren Cocktail bitte!«

»Dann komm gleich rüber zu mir, den mache ich!« Maike verpasst ihr ein Küsschen links und ein Küsschen rechts auf die Wangen.

»Wie machst du das nur, dass du so schlank bleibst!« Sie klopft sich auf ihre ausladenden Hüften. »Nach dieser fulminanten Party hier muss ich dringend ein paar Kilos abspecken.«

»Gar nichts musst du.« Thomsen taucht hinter ihr auf und klatscht ihr liebevoll auf den Po. »Mir gefällt jedes Gramm.«

»So lieb von dir.« Maike küsst ihn innig, wendet sich

danach aber sofort wieder Sophie zu. »Jetzt im Ernst, was kannst du mir empfehlen?«

»Also ‘n bisschen Sport ist nie verkehrt.«

»Klar, aber ich fürchte, da fehlt mir echt die Zeit für.«

»Wie wärs mit etwas, das du in den Alltag integrieren kannst, wie zum Beispiel morgens statt mit dem Auto mit ‘nem Roller in die Arbeit zu fahren? Da hast du nicht bloß Bewegung – es macht auch Spaß.«

»Oh nein, das tut es nicht«, geht Thomsen sofort dazwischen. »So ‘n Scheißding kommt mir nicht ins Haus! Ich hab eine viel bessere Idee für gesunde Bewegung, die Spaß macht, und zwar . . .« Den restlichen Satz flüstert er in Maikes Ohr und bringt sie damit zum Kichern.

»Der Jasper hat jetzt ‘ne Freundin«, erzählt Ella Hinrichs stolz. »Zu schade, dass sie heute keine Zeit hatte, aber beim nächsten Mal bringt er sie sicher mit.«

Sophie lächelt. »Wie schön.«

»Und bei dir? Mann in Sicht?«

»Bloß das nicht.« An ihr chaotisches Gefühlsleben will sie lieber nicht denken.

Svenja rettet sie mit einer kleinen Notlüge.

»Entschuldige uns kurz, Ella, ich muss Sophie jemanden vorstellen.«

Draußen, an der frischen Luft, fängt Svenja haltlos zu lachen an.

»Hast du den Blick vom Chef gesehen, als du Maike den Roller empfohlen hast? Ich dachte echt, jetzt frisst er dich!«

»Komisch, nicht? Bloß weil er einmal drüber gestolpert ist?«

»Jahahaha.« Svenja wischt sich die Lachtränen aus den Augenwinkeln. »Aber was diese Pärchen-Sache betrifft, da musst du dich wappnen. Mutti Hinrichs hat mir das Versprechen abgenommen, meinen Freund das nächste

Mal mitzubringen, und wenn Jasper jetzt auch noch Sabrina rumkriegt, dann bist du der einzige Single hier . . .«

Sophie zuckt mit den Schultern und grinst amüsiert.

»Das ertrage ich locker . . .«

»Oder wir ändern es«, sagt plötzlich eine Stimme hinter ihr.

Sie dreht sich um und blickt in zwei lustig funkelnde blitzblaue Augen mit verboten langen Wimpern.

»Enno!«, ruft sie überrascht aus. »Du hast mir zu meinem Glück gerade noch gefehlt!«

Nachwort der Autorin

Liebe Leserinnen und Leser,

an dieser Stelle möchte ich mich sehr herzlich für die Unterstützung bei meinen Freunden, Testlesern und Lektoren sowie den Experten der Kriminalistik und der Medizin bedanken – und natürlich bei Ihnen, liebe Leserinnen und Leser!

Ich freue mich, wenn ***DIE KÜSTEN-KOMMISSARE*** *Ihnen ein paar spannende und unterhaltsame Stunden bescheren konnten.*

Wenn es Ihnen gefallen hat, würde ich mich über eine Rezension bei Amazon sehr freuen. Ein großes ***DANKE*** *all jenen, die sich kurz Zeit nehmen und ein paar Worte schreiben!*

Für jene, die wissen wollen, wie es mit Thomsen, Meerkatz & Co weitergeht: *Spannend – so viel steht fest. Denn das nächste Buch kommt schon sehr bald!*

Einfach **Anne Amrum** *auf Amazon folgen und sofort über Neuerscheinungen informiert werden!*

Anne Amrum, August 2021

Instagram: anneamrum

E-Mail: anne.amrum@gmx.de

LESETIPP FÜR JUNGLESER

Eine **entzückende Geschichte** über **Freundschaft** – für Leseratten und solche, die es noch werden wollen ab **6** Jahren!

MAPPYS purzelt ins Leben

von **Mila Albery**

Das süßeste Geheimnis, das man sich vorstellen kann!

Eigentlich sollte es ein ganz normaler Geburtstag werden! Doch dann kommt plötzlich dieses heftige Gewitter, und alles liegt in Scherben! Doch für traurige Gefühle bleibt keine Zeit, denn da ist auf einmal so ein seltsames Fiepen unter ihrer Decke.

Die zehnjährige Charlie entdeckt Mappys, das winzige Tierchen, das aus dem zersplitterten Smartphone ausgebrochen ist und nun verschreckt zwischen ihren Kissen Zuflucht sucht. Charlie ist völlig aus dem Häuschen vor Begeisterung über den niedlichen Familienzuwachs! Doch schon bald ist sie heillos überfordert, denn das kleine flauschige Fellbündel mit den Fledermausflügeln und den großen Glubschaugen hat es faustdick hinter den Ohren und stürzt Charlies Patchworkfamilie ins perfekte Chaos!

E-Book derzeit um **Euro 1,99** auf AMAZON!

Taschenbuch derzeit um **Euro 3,99** auf AMAZON!

Printed in Poland
by Amazon Fulfillment
Poland Sp. z o.o., Wrocław

79005439R00141